クライブ・カッスラー
& グラハム・ブラウン/著
土屋 晃/訳

強欲の海に潜行せよ(上)

Sea of Greed

扶桑社ミステリー
1657

SEA OF GREED(Vol.1)
by Clive Cussler & Graham Brown

Japanese translation published by arrangement with
Peter Lampack Agency, Inc.
350 Fifth Avenue, Suite 5300, New York, NY 10118 USA
through Tuttle-Mori Agency, Inc,, Tokyo

強欲の海に潜行せよ（上）

登場人物

カート・オースチン —— 国立海中海洋機関(NUMA)特別任務部門責任者

ジョー・ザバーラ —— 同海洋エンジニア

ポール・トラウト —— 同深海地質学者

ガメー・トラウト —— 同海洋生物学者

ルディ・ガン —— NUMA副長官

ハイアラム・イェーガー —— NUMAコンピュータ・エンジニア

プリヤ・カシミール —— 同コンピュータ・エンジニア

ジェイムズ・サンデッカー —— アメリカ副大統領

テッサ・フランコ —— デザイナー・実業家

フォルケ
ウッズ —— テッサの部下

パスカル・ミラード —— 遺伝子工学者

アラト・ブーラン —— 石油業界の大立者

ミスティ・ムーン・リトルフェザー —— エンジニア

第一部　消失

1

一九六八年一月
エーゲ海、ヤロス島

ダヴィド・ベン‐アヴィは、風が吹きすさぶ岩だらけの島、ヤロスの小径を歩いていた。この不毛の地は長さにしてわずか三マイル、幅はいちばん広い場所でも半マイルしかない。クレタ島の北西一〇〇マイル、地中海の孤絶した場所に位置する。公けには無人島とされていたが、ベン‐アヴィほか十数名が住み着いて二年近くになる。一月の地中海の空気は身が引き締まる。息苦しい研究所や、彼らが寝起きする窮屈な小屋にくらべて新鮮だった。

両手をポケットに突っ込んだベン‐アヴィは、風に向かって足早に進んだ。

ひとりになるのも悪くない……つかの間でも。

「ダヴィド」と、背後に声がした。「どこへ行く？」

フランス語のアクセントがはっきり残る英語である。

ベン‐アヴィは足を止めた。面倒なやつに見つかった。

振りかえると、急ぎ足で追ってくるアンドレ・シュヴァルの姿があった。シュヴァルは島で活動するフランス隊のリーダーなのだが、全体の指揮官然として振舞っていた。やたらとおせっかいを焼いてくる。ゴミは正しく容器に捨てろ、日没後に外で灯りを点けるな、崖のそばでは気をつけろと。

屋外用の装備に身を包んだシュヴァルは、抱えていたウールのピーコートをベン‐アヴィに差し出した。「これを着ろ。凍えるぞ」

凍えるとは大げさだが、ベン‐アヴィは黙ってそれを受け取った。議論するだけ無駄なのだ。

「どこへ行く？」とシュヴァルが言った。

「わかってるだろう。崖まで行って、夕陽を眺めながら考える」

「お供しよう」

「お目付け役がいないとどこにも行けないのか？」

「まさか、きみは囚人じゃないぞ」

それはそのとおりだった。ベン‐アヴィをはじめとする面々は、この地でフランスとイスラエルによる共同調査プロジェクトをおこなっていた。自ら志願して参加した者ばかりだが、月に一度物資が到着する以外は単調そのものである不毛の島では、ただ時間をやりすごして仮釈放を待つような気にさせられる。

「言ってみれば」とベン‐アヴィは答えた。「ヤロスに来た人間とは囚人なんだ。第二次大戦後、ギリシャは反政府の共産勢力をここに収容し、その五世紀まえにはトルコが利用していたし、ローマ帝国はオクタビアヌス帝の厄介娘の流刑地としてこの孤島を選んだ」

「本当か？」とシュヴァルが言った。

ベン‐アヴィはうなずいた。と同時に、フランス人はこのちっぽけな島に長く暮らしながら、そんなことも知らないのかと呆れる思いだった。

「少なくともローマ人はこの地に思い入れがあった」とベン‐アヴィは言った。「ギリシャがやったのは、われわれがいま住んでるあの岩の牢獄を建てただけでね。ローマ人は固い岩盤を削って港を造った。貯水池を造り、トンネルを何本も掘って地下に雨水を溜める水槽を設け、石灰岩を利用して澱んだ水を浄化する方法まで編み出した。じっさい見てみるといい、素晴らしいものだ」

うなずいたシュヴァルだが、とくに興味をそそられた様子はなかった。「オクタビアヌスの娘には、共産主義の反乱分子よりましな監獄が用意されたわけだ」

男ふたりは歩みをつづけたが、やがて道幅が狭くなり、シュヴァルが半歩後ろにつく格好になった。

「で、崖に出て何を考える?」とシュヴァルが訊いた。「イスラエルに帰ることか?」

「それもあるし、われわれの研究の持つ意味についても」とベン‐アヴィは答えた。

「いまさら迷ってるなんて言わないでくれ。少々手遅れだ。プロジェクトは終了したも同然だ」

足を止めたベン‐アヴィはフランス人に向けて目を流した。フランス人が言うそのプロジェクトは、遺伝学と呼ばれる科学の新たな一部門に大きな飛躍をもたらすものだった。細胞暗号を操作し、生物の遺伝命令を変更しようという取り組みである。この分野は長年、理論上で論じられてきたものだが、多くの科学的試みが――原子力から宇宙飛行まで――そうであるように、軍が興味をもったとたん、その進歩が劇的に加速した。

「ぼくらは生物を変えようとしてる」とベン‐アヴィは言った。「生命をゆがめ、新たな命を創ろうとしてる。とてつもない責任だ」

「ああ。一部には、われわれが神の設計をいじっていると口にする者もいる。きみはそんなふうに感じているのか？」

「どの神の？」ベン・アヴィはすかさず質した。「きみの、私の……いわば森羅万象。好きに選べばいい。きみが心配するのはそこか？　天の罰か？」

「あらゆる神の」とシュヴァルは答えた。

小径に沿って歩きだしたベン・アヴィは怒りを募らせていた。「神がこの機をとらえて天罰をくだすなんて、そんなのはちゃんちゃらおかしい。ナチスが力を得て〝水晶の夜〟を起こしたとき、あなたはどこにいたのかと神に訊いてやりたい。収容所で燃えた火に、殺されたユダヤ人の死体が昼に夜に焼かれていたとき、あなたは何をしていたのかと訊いてやりたいね」

「つまり、きみの信仰をぐらつかせたのはホロコーストか？」

「ホロコーストだけじゃない。戦争全体だ。戦前、工学部の学生だったぼくは、ドイツ軍に技術を見込まれてロシアに連れていかれた。行きにドイツ人が殺さなかった人間を、帰りにはロシア人が殺した。その後もどったベルリンを連合軍が破壊した。建物は煉瓦にされ、煉瓦は粉々にされた。休みない砲撃は空が真っ黒になるまでつづいて、息もできないほどだった。ドレスデンの空襲ほどひどいものはなかった。生き残った人間がいたのが不思議なくらいだ」

ベン - アヴィは小径に注意をもどした。最も険しい部分に差しかかったのだ。そこを登りきれば海が望めるはずだった。「神というものが存在するなら、彼はわれわれのやることなど気にも留めないか、もはやわれわれのことにうんざりして己れの創造物を見放したのか、そのどちらかだ。それを咎めるなんてことはできない」

シュヴァルはうなずいた。「厄介なものだな。きみが気にするのが神のことじゃないとしたら、いったい何だ？」

「心配なのは、ぼくらが解き放った力のことだ。人間の発明すべて、発見されたものすべてが結局は戦争に利用されてきた。これからもそれは変わらない。間違いなく」

「だったらなぜ研究を継続する？」シュヴァルがいきなり声を尖らせた。「われわれが自らの行為に疑問を抱くまでつづける必要があるか？」

ベン - アヴィは、それを何度となく自分の胸に問うていた。答えはあらかじめ用意してあった。「この冷酷で非情な世界で、イスラエルは生き延びるために行動しなくてはならない。神の助けがあろうとなかろうと」

「つまり、どこも自国のためにやっていると、きみはそう言いたいのか？」

「そうであるべきだ」

最後の登りで息を切らしたベン-アヴィには、尊大にふるまっている余裕はなかった。崖の縁に達すると奥まった湾を眺めやった。穏やかな海に夕陽が映える小港、そこを囲う長い防波堤はローマ時代に築かれたものである。だが、港はどういうわけか空（から）ではなかった。湾内に細く長く不吉な形状をした船舶、すなわち潜水艦が停泊していた。その艦首は短剣のごとく島の中心に向けられている。

ベン-アヴィが後ろを振り向くと、シュヴァルが拳銃（けんじゅう）を握っていた。

「残念だが、きみの言うとおりだ」とシュヴァルは言った。「どの国も自国第一だ。われわれが動かなければ、きみの国の政府が動くだろう。が、そうはさせない」

はるか丘の下からくぐもった銃声が聞こえてきた。闘いが勃発（ぼっぱつ）した——ただし激しい戦闘ではなく、あちらこちらで散発的に起きている。

ベン-アヴィはキャンプに向かおうとした。

「だめだ」とシュヴァルが警告を発した。このフランス人は、できれば避けたい任務をこなそうという厳しい表情を浮かべていた。「残念ながら、われわれが動かなければ、きみの国がやっていただろう。きみの〝遺伝学〟が解き放った力は、束になった軍隊よりもたやすくわれわれの住む世界を変える。すでにして兵器だ。それがとりわけフランスへの脅威になる。そんなものを外国の手に渡すわけにはいかない」

「ちがう」とベン‐アヴィは言った。「あれは抑止力になるんだ。きみたちが持つ原子爆弾と同じだ。使われることはない」

「わが国としてはリスクを冒すわけにはいかない」

キャンプのある方角から、さらに銃声が届いた。

「じゃあ、ぼくらを殺す気か?」とベン‐アヴィは言った。

「怪我人は出さないつもりだった」とシュヴァルが答えた。「抵抗する者がいたんだろう」

だとしても、フランスの特殊部隊はあらかじめ抵抗を望んでいた気もした。「で、ぼくはどうなる?」ベン‐アヴィはかつての友にたいし、嫌悪もあらわに訊いた。

「いきなり崖から落ちるのか、それともきみが撃ってから突き落とすのか?」

「馬鹿を言うな」シュヴァルは潜水艦に顎をしゃくった。「われわれに同行してもらう」

2

ツーロン沖約二五マイル
フランス潜水艦〈ミネルヴ〉

ヤロス島を出て八日後、フランスの潜水艦〈ミネルヴ〉は母港ツーロンに近づいていた。水深四〇フィートを八ノットで航行する艦は、シュノーケルの名で知られる長い金属管を通して吸排気をおこなうディーゼル機関が推進している。ヤロス島からこの状態でほぼ休みなく走りつづけてきて、アンドレ・シュヴァルは浮上するのが待ち遠しくてならなかった。

水中に閉じこめられる閉所恐怖はひどいものだった。〈ミネルヴ〉に装備や資材、研究所から持ち出した標本にくわえ、追加の積荷があったことも拍車をかけていた。シュヴァルをはじめとするフランス人科学者たち、それに奇襲作戦を指揮したフランス特殊部隊の隊員一〇名と、収容人員の倍もの人間を乗せるという密集状況はおよそ耐えがたいものがあった。

特殊部隊がベン‐アヴィを除くイスラエル人全員を殺害したという罪悪感も尾を引き、シュヴァルは毎夜、酒に頼って眠りについた。

とはいえ、艦はフランス領海にはいり、じきに帰港する。あすのいまごろはパリのカフェで、上等なワインの壜を手に悲しい気分も忘れて新鮮な空気を満喫しているだろう。

それまではと、シュヴァルは潜水艦の窮屈な発令所に立ち、目下の状況を逃さず見守った。彼の向かいでは、〈ミネルヴ〉の艦長が潜望鏡の把手につかまってビューアーに顔を押しつけていた。数秒ごとに潜望鏡を回し、海上の様子をうかがう――船乗りの間で〝灰色のレディと踊る〟と言われる動作である。

やがて艦長は把手をたたみ、後ろにさがった。「船影なし。潜望鏡を下ろせ」

潜望鏡が格納されると、艦長は無線士官のほうを向いた。「命令を伝えろ。現在、天候悪化中。八フィートのうねりと三角波。海峡に到達するまでシュノーケル深度を維持する」

この報せに、シュヴァルは腹を蹴られたような気分になった。

それはシュヴァルだけではなかった。

近くでルカという男が航海図に張りついていた。特殊部隊の長であり、フランスの対外情報機関SDECEの一員のルカは、五十代半ばの粗暴な男だった。

「こんな調子で港まで這っていかねばならないのか?」とルカは言った。「われわれは大成功をおさめたんだ。ファンファーレはなくても堂々と凱旋すべきだ」

〈ミネルヴ〉の艦長は海軍ひとすじに生きてきた男である。正規軍の軍人の多くがそうであるように、任務を秘匿したり、監視が行き届かない秘密工作員のことは信用していなかった。艦長の答えはそっけないものだった。「この場で浮上して標的になりたいのか?」

ルカは航海図と赤い線を指さした。現在地から約四〇〇マイル後方に引かれた赤線は、イスラエル艦船の最短近接距離を示している。「われわれの位置から一二時間以内に、イスラエル艦は一隻もいない。捕捉されるわけがないだろう」

「むこうには航空機もあるぞ、ムッシュー・ルカ」

「この範囲にはいない。それにミラージュ戦闘機に敵などいない」

「おっしゃるとおりかもしれない。それでも、こちらはぎりぎりまで水中を行く。それから、私の艦の客でいるかぎり、あんたには黙っていてもらおう」

その叱責に色をなしたルカは艦長に背を向け、部下たちがいる艦尾へ向かっていった。

シュヴァルは閉所恐怖と闘いながら腕時計に目を落とした。一月二七日の早朝だった。島を発ったのが一九日の夕刻。帰投は目前だ。陸に揚がったら、ルカを戦争犯罪で告発するつもりでいた。

殺されてしまった者たちにたいして何ができるでもなかったが、せめてベン‐アヴィを標のない墓に葬ることだけはさせまいと心に誓っていた。

三時間。あと三時間耐えれば。

「〈ミネルヴ〉は三時間後に入港する」

と、〈ミネルヴ〉のものとよく似た暗い発令所で、険のある顔をした男が口にした。男の名はギデオン、最近英国から購入されたイスラエル海軍潜水艦〈ダカール〉の副長だった。

その頬には二週間分の無精ひげがまばらに伸びている。顎には畑の畝を思わせる傷痕。潜水艦乗りにしては長身のギデオンは、頭上を走る配管に当たらないように頭を引っこめて言った。

「フランスはイスラエルから貴重なものを奪った。この新たな裏切り行為を阻止できる位置にいるのはわれわれだけだ」

ハイファをめざしてサウサンプトンを出港して二日、〈ダカール〉の試験航海は、イスラエルの最高司令部発の超暗号化された通信によって中断を余儀なくされた。フランス南岸に向けて全速力で航行し、待機せよという命令であった。その一方で、最高司令部は危険度の高いこの作戦が失敗した場合にそなえて、偽の艦位情報を作成し、作り話と死亡記事を用意していた。

ほぼ二日間、ギデオンとその部下は待機しながら計画を練った。そしてついにソナーコンタクトがあり、その正体を〈ミネルヴ〉と確認すると、相手をやりすごして後方についた。

すぐに一〇〇ヤード以内まで距離を縮め、聴音機を使わずに〈ミネルヴ〉のスクリュー音が聞こえるまで近づいた。

つぎの任務は達成が不可能に思われた。ギデオンと部下たちは特殊部隊員ではなく、大半が経験の乏しい水兵たちだったが、各人とも国のために戦い、死ぬことを覚悟していた。

ギデオンが説明した。「古代、海戦の勝敗は水夫ではなく兵士が握っていた。ローマ人、フェニキア人、ギリシャ人は——相手の船に突っ込んで襲撃し、船上で敵と殺し合いを演じた」

部下たちがまばたきもせず見つめてきた。彼らはそのつるっとした顔で、ひどい悪を正そうというその欲求を隠していた。この危機の実相をろくに知りはしなかったが、フランス人にまたも裏切られたことだけはわかっていた。

第三次中東戦争、いわゆる六日戦争の直後に発動された武器禁輸措置。イスラエルが購入代金を支払い済みだった戦闘機ミラージュの編隊および巡視艇の小船団の引き渡し中止。イスラエルの敵であるアラブ諸国への急速な接近。フランスは許容される一線を越えていた。彼らはイスラエルの市民を殺した。それはイスラエル軍最高司令部にとって戦争を仕掛けるに値するものだった。

「事は簡単ではないぞ」とギデオンは念を押した。「もう何世紀にもわたり、この海域で船舶が拿捕されたことはない。が、きょう、ついに一隻が拿捕されるのだ！」

男たちが歓声をあげた。手持ちの武器はサブマシンガン数挺と拳銃だけだったが、こちらは相手の意表を突ける優位な位置にいる。すぐ後ろに回りこんだことで、〈ミネルヴ〉には自艦の機関音しか聴こえまい。

〈ミネルヴ〉に急襲をかけるべく、男たちが上甲板に出る仕度をしていると、数フイート離れた場所でヘッドフォンを耳に押しあてていた通信員が、「無線傍受」と浮かない声で告げた。「〈ミネルヴ〉は海峡に達するまで潜航をつづける模様」

これは望ましくない報告だった。

「海岸が視界にはいってからでは乗りこめません」とある士官が指摘した。「ブツを発見するまえに、フランス空軍機が飛んできます」

「むこうの横腹に魚雷を打ち込めばすむ話ですが」と戦術士官が提案した。

艦長は首を横に振った。「われわれが受けた命令は、盗まれた物をどんなことをしてでも取りかえすというものだ。この命令は国会(クネセト)と首相から直接出された。〈ミネルヴ〉の撃沈は、われわれが生命の危険におちいった場合にのみ許される」

「しかし、潜航する船に乗りこむことは不可能です」と戦術士官が言った。

ギデオンは話を引き取った。その問題については先ほどから思案していた。「ならば、相手を浮上させるように仕向ける」

〈ミネルヴ〉の艦内ではシュヴァルが、ルカが議論していたその場で海図台に指を打ちつけていた。数分ごとに時計と潜水艦の現在地を確認したが、どちらも這うようにしか進んでいかない。

「いつになったら海峡に着く？」とシュヴァルは訊ねた。

シュヴァルのことを見た艦長は、やがて艦内に響きわたる金属のねじれたような音に顔を向けた。

何らかの衝撃があった直後、艦内の空気を吸いこむ波動が生じ、耳鳴りがして鼻の奥が痛んだ。

「シュノーケルです」と潜水士官が言った。「バルブが閉じています。まったくの誤作動です」

シュノーケルは、水位が上がった場合には吸気管を緊急遮断するように設計されている。シュノーケルが閉じたことで、激しく作動するディーゼルエンジンは空気を得られる唯一の場所、すなわち内殻からの吸入を余儀なくされた。

「水上プラス三メートルと命令したぞ」と艦長は言った。シュノーケルをどの程度まで波の上に出すかという問題である。

「その深度は保っています」と潜水士官は言い張った。

突然の天候悪化によって波が高くなるなどして、シュノーケルに不具合が生じたのだろう。

発令所にいた全員が顔を上げ、数をかぞえるようにしてシュノーケルの復旧を待った。

シュヴァルは悪心に襲われた。それは恐怖のせいでもあり、艦内気圧が低下したせいでもあった。彼は時計を見た。今度は秒針を見つめた。三〇秒、四〇秒と過ぎていった。事態は改善されなかった。

「潜望鏡筒に浸水が」と下士官のひとりが叫んだ。「上部の密閉に亀裂がはいったのではないかと」

シュヴァルにとって、潜水艦の水漏れほど恐ろしいものはなかった。思いかえすと金属のねじれるような音がして、発令所内が揺れたのだ。「何かと衝突したんだ」とシュヴァルは言った。「浮上しないと」

意外にも艦長は同意した。「おそらく漂流物だな。上がるぞ。浮上だ」

潜水制御士官がタンクに空気を注入させると艦の角度が変わった。〈ミネルヴ〉は艦首から上昇を開始した。シュヴァルは潜望鏡筒からしたたる水滴に気づいた。深度計で上昇していくのを確かめながら、海上に出た潜水艦が姿勢を水平に保つと安堵の息を吐いた。

二度めの大きな音がして吸気が止まり、シュヴァルはふたたび耳鳴りを感じた。

「主ベントが開いた」と、ひとりが言った。「機関が外の空気を取りこんでいます」

「四半速で前進」と艦長が命じた。「受けた損傷の程度を調べよう」

艦長は航海長とともに被害対策班の者を引き連れ、展望塔の内外のハッチを開いていった。

陽光が射しこんできた。灰色の単色でも美しかった。最後の男がハッチを抜けたあとのぽっかり開いた穴に、シュヴァルは羨望（せんぼう）の目を向けた。彼は無意識のうちに、許可を得ることをしないで梯子（はしご）を昇りだした。

ハッチから外に顔を突き出したシュヴァルは、驚きに息を呑（の）んだ。

潜望鏡とシュノーケルが片側に三〇度傾いていた。衝撃によってつぶれた鋼鉄は原形をとどめていない。アンテナ・ハウジングはもぎ取られていた。

さらに異様だったのは、艦長と被害対策の面々が、損傷の具合を確かめるはずが銃を向けられていることだった。

彼らはサブマシンガンを抱えた黒ずくめの男たちに脅され、膝（ひざ）をついていた。その奥で、発動機付きのインフレータブル・ボート二隻が、もう一隻の潜水艦の艦首に向けて移動をはじめている。

その光景を理解して反応する間もなく、シュヴァルは首根っこをつかまれ、展望塔の隔壁に叩（たた）きつけられた。むさ苦しいひげ面の大男が、シュヴァルの胸にマシンガンの銃口を突きつけてきた。「死にたくなければ声を出すな」

シュヴァルはそれに従った。この男たちの正体には察しがついていた。「イスラエル人か」

「私の名はギデオン」ひげ面の男がうなずきながら言った。「制服を着てないとこを見ると、あんたはフランス人科学者のひとりだな。つまり、われわれの目的を知ってるわけだ」

シュヴァルがためらったのは反抗からではなく、純粋に虚を衝かれたからだった。

「きみたちの要求はわかってる」と彼はおもむろに言った。

「よし」とギデオンが応じた。「先に梯子を降りろ。妙な真似をすれば、おまえは真っ先に死ぬ」

シュヴァルは艦内にもどると、できるだけゆっくり梯子を降りていった。途中でギデオンに蹴られて転げ落ちた。この転落に発令所の人員の注目が集まると同時に、ギデオン以下の水兵たちはデッキに降り立った。

向けられたマシンガンに乗組員は身構えたが、抵抗するすべはなかった。

「きみらの艦長はこちらの手に落ちた」とギデオンは言った。「われわれはきみらが盗んだものを取りかえしにきた。協力してもらえれば危害をくわえることはない」

うねりに揺れる〈ミネルヴ〉の艦内に、さらに水兵たちが梯子を降りてきた。そのうち二名を発令所の警備に残すと、ギデオンはシュヴァルをうながして潜水艦の下層に移動した。各コンパートメントで、驚く乗組員たちを捕虜にしていった。フランス軍の特殊部隊員たちも同様に拘束された。例外はルカだけだった。

「こいつらは監視しておけ」とギデオンは命じた。「二名でルカを捜せ。見つけたら撃て」

　ふたりが捜索に向かい、ギデオンはシュヴァルの案内でベン-アヴィの居室へ行き、解放した。「われわれはきみをイスラエルに連れ帰るために来た」ギデオンはベン-アヴィに告げた。「ただし、例のブツもいっしょだ」

「どこにあるか知らないんだ」とベン-アヴィは言った。

　ギデオンはシュヴァルを見た。「バクテリア培養菌はどこにある?」

「食堂だ」

　シュヴァルが先に立ち、ギデオン、ベン-アヴィ、イスラエル兵を後ろに従えて食堂へ向かった。食堂には縁に黒のバンドを巻いたステンレス製のシリンダーが複数本置かれていた。

　ギデオンはシュヴァルを脇に退かせ、ベン-アヴィにその器具を確認させた。

「これが原種だ」ベン・アヴィが最初の一本を調べて言った。「そしてこれが——」

最後まで言い終わらないうちに、自動小銃の銃声が鳴りひびいた。食堂内を跳弾が駆けめぐり、全員が身を投げた。

「右隅、冷凍庫のそば」と水兵のひとりが叫んだ。

床に伏せたシュヴァルが物陰に這っていく間に、ギデオンが銃火を開いた。シュヴァルが顔を上げると、ルカが自身の血溜まりのなかに突っ伏して死んでいた。そこから数フィート離れたベン・アヴィも似たような状態だった。

走り寄ったシュヴァルはベン・アヴィの出血を止めようとした。「すまない。これは私の責任だ。どうか許してくれ」

ベン・アヴィはシュヴァルのことなど見えないような遠い目をした。何かを口にしようとしたが、ついに言葉は出てこなかった。


潜水艦を支配下に置いて最初の物質群を入手し、数名を捕虜にしたうえで〈ダカール〉にもどろうとしたギデオンだが、連絡を取った艦長から不吉な報告を受けた。

「レーダーにフランス機を捕捉、こちらに向かってくる。目的は不明。脱出は予想外に困難となりそうだ。われわれはただちに潜航を開始して出発する。きみと部下たちには、〈ミネルヴ〉に残ってイスラエルへ向かってもらう」

ギデオンは啞然とした。「艦を乗っ取れということですか?」

「私としては乗組員もろとも海の底に沈めるつもりはないし、彼らを救命艇に乗せるわけにも、黙って入港させてわれわれのことをしゃべらせるわけにもいかない。艦は押収するしかない。水夫はハイファに到着したのちに帰国させる」

「残骸も見つからなければフランスは疑うでしょう」とギデオンはなおも言った。

「もっと早く捜索に現われます」

「なんとか欺いてくれ」と〈ダカール〉の艦長が言った。「油を撒くなり、救命胴衣や物資を水に浮かべるなりして、それから潜って南に針路を取れ。うまくいけば、敵は〈ミネルヴ〉が沈んだと思いこむかもしれない」

「で、もし捜索に来たら?」

「むこうが捜そうとするのはわれわれだ」と艦長は答えた。「いずれにせよ、ブツをイスラエルに持ち帰るには、一隻より二隻のほうがチャンスは大きい。最低でも一隻が逃げ切れれば、イスラエルはきょうよりも安全な国になる」

ギデオンにしてみれば、乗組員の有無にかかわらず〈ミネルヴ〉を沈めるほうが楽だった。フランス人乗組員を銃で脅すような真似はしたくなかった。彼らがその気なら妨害工作はいくらでもできるわけだし、不確実な要素はあまりに多い。しかしギデオンは命令どおり、四〇〇ガロンのディーゼル油を海に流し、漂流して残骸に見せかけるものを片っ端から投棄させた。

フランス人に自国の潜水艦がわずか数分で沈没したと思わせる作戦だった。それが完了すると発進の準備をととのえた。

二隻がおたがいに距離を開いていくなかで、〈ダカール〉が〈幸運を祈る〉と閃光(せんこう)信号を発して潜航を開始した。

その後、二分足らずで〈ミネルヴ〉も海中に潜った。が、いずれの潜水艦も二度と浮上することはなかったのである。

第二部　地獄

3

現在
メキシコ湾

リック・L・コックスは、海面から一〇層上の〈アルファスター〉石油プラットフォームの指令室にいた。

コックスはいわゆる掘削作業監督者（ツールプッシュ）である。愛する石油産業で働いて三〇年、第六感が身についていた。今日、そんなものは必要なかった。パネルを一目見て、とことんツキがないことがわかった。

パイプラインの流量と圧力レベルが落ちている。おかしな方向に振れている。〈アルファスター〉のこのプラットフォームと系列の二基は、濾過（ろか）した大量の水を海底に注入して油田に圧力をかけ、〝黒い黄金〟と天然ガスを抽出しているのだが、その作業量がみるみる下がっていたのだ。

「こんなはずはない」とコックスは作業員のひとりに向かって言った。「水量はどうなってる?」

「限界まで出してます」技師が大声で返してきた。「全ポンプをフル稼働させています」

にもかかわらず、天然ガスの産出量はごくわずかで、石油にいたってはゼロだった。

コックスは労働安全衛生局からのお仕着せのヘルメットを押しあげ、頭をかくと無線機をつかんだ。〈アルファスター〉は、他の二基のプラットフォームとともに死にかけの海洋油田を救ってきた。そちらのリグに何か情報があるかもしれない。

「アルファ2、応答せよ」コックスは無線で呼びかけた。

〈こちら、アルファ2〉屈託のない南部訛りが応じた。〈はっきり聞こえます〉

「そちらの射出圧力に問題はないか?」

「レッドラインまで上がってますよ」

コックスは通話スイッチを切り換えた。「アルファ3、こっちに圧力を回す余裕はあるか?」

第三プラットフォームの主任が躊躇なく答えた。〈こちらも最大まで出してます、

ボス。これで石油が上がってこなけりゃお手上げってことになりますよ〉

「そこはおれが判断する」コックスはいま一度ゲージに目をやった。「圧力をかけつづけろ。地質学者は下は石油の海だと言ってる。だったら汲みあげてやろうじゃないか。あと一〇〇フィート掘ってみる。それで間違いなく出るだろう」

通話を終えたコックスは、掘削作業員のレオン・ナッシュのほうを振りかえった。

「あと一〇〇掘ってくれ」

ナッシュは困った顔をした。「みんなちょっと心配してますよ、監督。暴噴はごめんだ」

コックスはそれを一蹴した。「ちゃんと測定してある。いいからドリルの角度をチェックして、あと一〇〇フィート掘りさげろ」

ナッシュはそれ以上抗わなかった。細心の注意を払って設定を再確認すると、ふたたびビットを作動させた。巨大な掘削装置の中心で、太いパイプが回転しはじめた。六〇〇フィート下方で、カーバイド製のドリルビットが泥と塩、そして多孔質岩を攪拌しながら地中を深くえぐっていった。パイプを上がってくるのは泥漿ばかりだった。

「五〇フィート」ナッシュが言った。「七〇フィート」

「変化は？」

「流量は増えません」

コックスは困惑していた。すでに油田の只中に到達しているはずなのだ。「この先は注意しろ」とうながした。石油があるとすれば、すでに大きな圧力がかかっており、その下に水が注入されたことでさらに圧力が増している。迂闊に掘りすぎると、ブロウアウトとして知られる突然の噴出を招くことになる。振りまわしたソーダの壜を開栓するようなものだ。

「あと三〇フィート」とナッシュが言った。「二〇……」

パネルの針が揺れた。収集グリッドの圧力が上昇していった。

「そこで止めろ」とコックスは言った。

「パイプラインに液体とガスが通ってます」ナッシュがそう言って拳を握った。「圧力上昇」

後ろで作業員たちが歓声をあげた。

そこにくわわろうとしたコックスだが、画面上で一連のインジケーターが緑から黄色に変わったことに気づいた。

時を同じくして無線がはいった。「収集グリッドの圧力増加」と〈アルファ2〉の主任の声がした。「こっちでは驚くほど高い数字が出てます」

コックスは思い立ってナッシュに向きなおった。「まだ掘ってるのか?」

「いいえ」

無線の会話が活発になった。まもなく〈アルファ2〉と〈アルファ3〉のやりとりがはじまった。

「一万ポンド/平方インチから上昇中」

「メイン配管内の熱が上がってる」

「インジェクター停止」とコックスは言った。

〈開〉から〈閉〉へとレバー操作がおこなわれ、リグの遠い部分で唸(うな)りをあげていたポンプの音がやんだ。下の岩層内に注入されていた水が止まったことで、圧力は安定するはずである。だが、そうはならなかった。

「一万二〇〇〇ポンド/平方インチ」と〈アルファ2〉が報告してきた。「一万三〇〇〇……」

実況解説など必要なかった。コックスはその状況を目の前で見ていた。インジケーターの黄色が瞬(また)き、やがて怒りに燃える赤が点灯した。

「遮断弁が故障」部屋のむこう側でナッシュが言った。「メイン配管の圧力は一万五

○○○。パイプからベントしないとライン全体が破裂する」
もはや選択の余地はなかった。コックスは緊急用圧力解除ボタンを手のひらで押しこんだ。

リグの下方には、各石油プラットフォームと収集グリッドを接続するパイプが複雑に走っている。その配管が限界に達した際には大型バルブが開き、ガスの圧力を海中に逃がす仕組みとなっていた。

そしてベントされた天然ガスは海面に向けて拡散、希薄化しながら上昇し、大きくも無害な泡となって放出されるはずなのだが、なぜかプラットフォームじゅうに轟音が響きわたった。

「水面に火が点いた」と〈アルファ2〉から連絡が来た。

二基のリグに挟まれた海に火柱が立った。それが蛇のような動きで海面を這うと、まもなく別の炎と一体になって三基のプラットフォームを包みこんだ。

「リグを閉鎖しろ」とコックスは命じた。

火と煙を防ぐためにコンパートメントの扉という扉が閉じられたが、この作業中にも、より深い場所からの突き上げがプラットフォームを襲った。膝がくずれそうになるほどの揺れがフロアに走った。

「油井(ゆせい)内に圧力スパイク」とナッシュが叫んだ。「ブロウアウトによる破損」

これは目下、最悪の報告だった。つまり噴出したガスがビットを過ぎ、そこから掘削された穴を上っていく状態である。

圧力計が限界を超えていた。ガスの泡が噴出防止装置を一気に通過し、プラットフォームの中心に向かって上昇していった。ガスは空気に触れた瞬間に発火し、リグ内で一〇〇〇ポンド爆弾にも等しい威力を生じて炸裂(さくれつ)した。

4

サファイア色をしたメキシコ湾の海で、カート・オースチンはリズミカルに足を蹴っていた。ダイビングギアはなく、ウェットスーツとフィンだけで数ヤード先の海面にたゆたう潜水艇に向かって泳いだ。

小型潜水艇の艇首に黒髪の男が座っていた。「そろそろ来るころだと思ったよ」とジョー・ザバーラが言った。「自動車協会(AAA)を呼ぼうとしてたんだ」

小艇にたどり着いたオースチンは把手をつかみ、温かな水に身を浮かべた。「おまえにあそこの料金は払えない」

実のところ、潜水艇は母船〈ラリー〉から一〇〇ヤード足らずの場所にいた。全長二〇〇フィート、科学機器を満載したこの船舶は、オースチンとザバーラ共通の雇い主である国立海中海洋機関(NUMA)が運用している。

「何があった?」とオースチンは訊いた。「二時間潜るはずだったのに。こっちの計算だと、潜水したのはたった三〇分だ」

「何かにぶつかった」とザバーラが言った。「というか、ぶつけられた。艇体の底に」

「損傷は？」

「わからない」

〈ラリー〉の引き揚げ作業を手伝うため、ザバーラは潜水艇に残っていなくてはならない。「マスクを投げてくれ」とオースチンは言った。「おれが調べる」

ザバーラは自分のキットからダイバーマスクを取ってオースチンに放った。オースチンはストラップを調節すると深く息を吸い、小艇の下に潜りこんだ。艇首は無事のようだった。数フィート後ろの艇体に疵が見えた。手を滑らせてみて、生物によるものと判断した。ときどき起きることだが、大型の魚か海洋哺乳類が衝突したのだ。

そのまま息を止め、艇尾にまわって損傷の有無を調べた。そして浮上しようとしたとき、まるで誰かに胸を突かれたような不思議な感覚をおぼえた。同時に、過ぎ去っていく圧力波に耳をふさがれた。

水面に顔を出したオースチンは把手をつかんでマスクをはずした。「いまのを感じたか？」

ザバーラは立ちあがって水平線を見渡していた。「いや、でも見えた。海面上を衝撃が走っていった。大丈夫か？」

「ラバに蹴られた気分だが問題ない」オースチンは潜水艇に上がり、ザバーラの脇に立った。「地震だったのか」

「そうじゃなさそうだ」ザバーラが水平線を指さした。真東の空に煙がたなびいていた。

音波と衝撃波は水中を大気中の四倍の速さで進み、四倍の距離まで到達する。オースチンが海中で圧力波を感じた約一分後に、遠くから爆発音が伝わってきた。

「ずいぶん離れた場所から聞こえてきたんだな」とザバーラは言った。

オースチンはざっと計算した。「一二マイル。大ざっぱに言って。そっちに何がある？」

「あるのは石油プラットフォームだけさ」

ふたりの顔に深刻な表情が浮かんだ。ザバーラは操縦席に降りて潜水艇の出力を上げた。

オースチンも乗りこみ、ザバーラの傍ら（かたわ）で無線機を手にした。「〈ラリー〉、こちらオースチン。引き揚げの準備だ。それから沿岸警備隊に連絡を。われわれの支援が必要になりそうだ」

二〇分後、オースチンとザバーラは〈ラリー〉のブリッジにいた。オースチンの手には船のマイクロフォンが握られていた。すでに〈ラリー〉は全速を出し、遠い業火の現場に向け一直線で航行している。

一二マイルというオースチンの推定はほぼ的を射ていた。火災を起こした〈アルファスター〉の石油掘削施設までは一一・七マイルの距離があった。マイクロフォンを口もとに、オースチンは周波数を調節すると送信スイッチを押した。「〈アルファスター〉、こちら〈ラリー〉。現在、支援に向かっている。そちらの状況を知らされたい」

オースチンは身長六フィート、たくましい体軀に角張った顎、銀色の若白髪が豊かに頭を覆っている。陽に灼け、風雨に鞣された肌のせいで実際より老けて見えるが、年齢は三十代半ばである。

彼が特別任務部門の長を務めるNUMAは合衆国政府の傘下にあり、通報を受けて——とくに今回のような事象が起きた場合に出動することで知られている。

オースチンは周波数を変えて同じメッセージを送った。応答がなかった。「通常のチャンネルにも緊急用にも一切返事がない」

向かいに立った〈ラリー〉の船長、ケヴィン・ブルックスが冷静に情報を読みあげた。「沿岸警備隊の報告によれば、三基のリグで火災が発生している。そのうち二基は退避をおこなっている。だが〈アルファスター〉は猛火に呑まれた」

「救助が向かってるはずだ」とザバーラが言った。

「方々からね」とブルックスが返した。「だが、われわれの船が最寄りにいる。ほかが着くころには、あのリグは溶けて屑の山になってるだろう」

オースチンはそれが現実となることを覚悟していた。「状況がどこまでひどいのか見てみよう」

マイクロフォンをフックにもどしてモニターのスイッチを入れ、キーをいくつかたたいた。すると、画面は〈ラリー〉のアンテナマストの先端に取り付けられた高性能カメラ二台とリンクした。このカメラは望遠レンズと、多くの波長を同時に識別する強力な光学センサーを装備している。沖合一マイルから車のナンバープレートを見分けることができ、またジャイロマウントで支持されているため、揺れる船上からもじつに鮮明な映像を連続して捉えることが可能だった。

カメラの焦点を合わせていくと猛火が視界にはいった。黒煙に半ば覆い隠された〈アルファスター〉のプラットフォームは、至るところで火を噴いていた。まともに見えるのは上部の索具だけだった。

「思った以上にひどいな」とブルックスが言った。「応答できないのも無理はない」

「索具の角度が変だ」とザバーラが指摘した。「プラットフォームが傾いてる。下のほうは沈みかかっているんだ。あのリグがこっちに引っくりかえってこないうちに行かないと」

オースチンはカメラを調整して後ろに下がった。より広角の画像で、怒り狂った炎が海上に延び、〈アルファスター〉ほか一基のリグを囲繞（いにょう）しているのが見えた。「そうするには火のなかをかいくぐらないと」

船長が画面に視線を投げた。「おそらく全員死亡だぞ」

「かもしれない」とオースチンは言った。「でも生存者がいるとすれば、われわれの助けなしにあそこからは出られない」

自身の乗組員のことを慮（おもんぱか）る立場にあるブルックス船長だが、そこで怯（ひる）むことはなかった。マイクロフォンをつかみ、セレクターを船内のインターコムに切り換えた。

「総員に告ぐ、こちらは船長。いまから本船を火のなかに突っ込ませる。風力10の台風に突入するときと同様の備えをしてほしい。負傷者を収容し、援助を提供する準備をしろ」

オースチンは船長にうなずいてみせると、いま一度画面に見入った。すさまじい火勢だった。すでに煙は二マイルの高さにまで昇り、フロリダのほうに流れていた。「しかし、「きみらをあそこまで連れていくことはできるが」とブルックスが言った。あの地獄でいったい何をするつもりだ?」

「なにも。われわれは海の男だからね」

オースチンはそう言い置いて踵(きびす)を返した。ブルックス船長としては、オースチンの思惑はともかく、それを制止するべきではないとわきまえていた。オースチンの評判はもう周知のとおりで、勇敢であるとか、頑固で無鉄砲、命知らずとも言われているが、彼のことを疑う者はいなかった。あの火中に飛び込み、惨禍(さんか)のなかからわずかでも生存者を救い出せる人間がいるとすれば、それはカート・オースチンをおいて他にいないのだ。

5

〈アルファスター〉プラットフォームの制御室

リック・L・コックスはすこしずつ意識を取りもどした。最初に感じたのは目が覚めたことで、つぎに自分は生きている、そして相当な痛みがあることに気づいた。

横向きに倒れた身体にとてつもない圧力がかかっている。何かに押しつぶされそうになっていたが、その何かの正体がわからない。あたりを見まわしても、制御室は壁の電池式の非常灯が細い光を放っているだけで暗かった。

何かを押しのけ、身をよじるように半ば倒れかかっている装置類から脱け出すと、あたりを確かめて起きあがろうとした。立ったはいいが、立ったままでいるのがひと苦労だった。一歩踏み出したそばからつまずいて壁をつかんだ。

最初はバランスをくずしたのかと思ったが、身体を支えてみると部屋全体が傾いていることに気がついた。

これはまずいと意識しながら、〈アルファスター〉はこの傾斜にどこまで耐えられるか思いだそうとした。

どうにもおぼつかない足取りで前に出て、壁から引きはがした非常灯で方々を照らすと、作業員数名が目についた。作業員のうち三名はすでに死んでいた。ナッシュがヘイニーという男のほか、コックスが名前も憶えていない新顔二名と寄り固まっていた。

新人たちは歩けそうもない様子だった。

「ほかは?」とコックスは訊いた。

ナッシュは首を振った。

コックスは生きている無線を探しまわった。

メインのシステムは明らかに不通だったが、携帯用のセットが見つかった。緊急チャンネルにダイアルすると通信が開始された。

「メーデー! メーデー! メーデー! こちら〈アルファスター・コントロール〉。ブロウアウトが発生。リグに延焼。制御室に五名が閉じ込められている。リグは急速に沈んでいる模様。可能なかぎりの救援を求む」

応答を待つコックスの顔に汗が流れていた。彼らはオープンのなかにいて、その温度は上昇している。

「そいつは短波無線です」とナッシュが言った。「誰にも届かない。数マイル以内にいないと」

それはコックスも承知していたが、もはや切るカードがなかった。傾いていくリグの内部で、コックスはもう一度送信を試みると壁につかまった。

「ここから脱出しないと。じきにプラットフォームが横倒しになるぞ」

「ふたりは歩けません」とナッシュが答えた。

「だったら、おれたちで運ぶんだ」

無線機をベルトに引っかけると、コックスはひとりを立たせて肩に担いだ。のしかかってくる男の重みに、負傷した脚が悲鳴をあげていた。膝が抜けそうになったが、自分が倒れるわけにはいかない。無理を通して深く掘らせたせいで、おそらく作業員の半分を失うはめになったのだ。できることなら、この惨禍から生存者を救い出してやりたい。

ナッシュとヘイニーがもうひとりを助け起こし、五人は斜めになった床を移動していった。掛け金のはまっていたドアを前に、コックスは全体重をかけてこじあけた。

ドアはかろうじてひとりが通れる程度に開いた。コックスはそこを抜けようとして足を止めた。

その先にある通路が下に傾き、むこう端では水が渦巻いている。そのうえ、ライトを向けてみると水面でガスの気泡が弾けていた。「もどれ」コックスは叫んだ。「全員、もどれ」

その間にも水が炎と化し、廊下を伝ってきた火の筋がドアの隙間に飛び込んだコックスの首を焼いた。

振り向いたところでナッシュがドアを閉じた。ドアは防水のはずだったが、枠がひしゃげてしまったせいで密閉されず、やがて敷居のあたりに水が流れだした。

「沈みながら傾いてる」とコックスは言った。「だから転倒しなかった」

「ここを出るには通路を通るしかありませんよ」とナッシュが言った。

「それはちがう」とコックスは反論した。「おれのオフィスの窓から出られる」

作業監督のコックスには、制御室に隣接するオフィスがあたえられていた。一日の終わりにスコッチをちびちび飲るぐらいで使うこともあまりなかったが、部屋にはメキシコ湾を望む大窓があった。普段なら海面まで六〇フィートの落差があるが、いまの傾斜と通路を押し寄せてくる水勢を考えると、窓は海面から数フィート足らずの高さでしかない。

男たちは高いほうへ向かうことに感謝しながら、協力しあって室内を横切っていった。オフィスにはいると、家具類はすべて手前の壁まで滑ってきていた。

窓は奥にあった。ところどころ焼けて蜘蛛(くも)の巣状にひびが走っている。そこから見えるのは太陽の光ではなく、黒煙と時おり伸びてくる炎の舌だった。

「これじゃ、溺(おぼ)れるか焼け死ぬかだ」怪我をしていたひとりが吐き棄(す)てた。

そうともかぎらない、とコックスは思っていた。それよりずっとまえに有毒な煙を吸いこみ、意識を失って死ぬことになりそうだった。

そんな三つの運命を避けようと、コックスは折り重なった家具のなかに窓を叩き割れる道具を探した。消防斧(おの)が最適だったが、デスクのそばに置いていた古い九番アイアンが見つかった。そのクラブでたまにデッキ上からゴルフボールを打ったりしていたのだ。

窓辺にもどって思い切りクラブを振った。アイアンは撥(は)ねかえされ、窓はほんの欠片(かけら)が削れただけだった。何度もくりかえし、全力で体勢がくずれるまで打ったところで、強度の高いプレキシガラスを何層にも張った窓はびくともしなかった。

「だめだ。あの窓は六フィートの波が打ちつけても平気なように設計されてる」

コックスは咳きこみながらへたりこんだ。オフィスのドアの下から、傾いた床に水が浸み出してきた。

ナッシュが立ってボスからゴルフクラブを受け取ろうとしたが、ろくに動けなかった。有毒ガスのせいで、すでに煙で呼吸が苦しくなっていた。通路の火が酸素をむさぼっていたのである。

一度だけクラブを振ったとたん、ナッシュは喘ぎながらその場に座りこんだ。「空気が……足り……ない……」

不意にリグが沈下して、窓外の景色が変わった。煙と炎ばかりか、下半分が仄暗いプールの水さながら青緑色に揺れている。じき海中に沈むのだ。この部屋に水があふれていないのは、気泡に呑まれているからにすぎない。

コックスは終わりを悟った。「みんな、悪かった……おれが……」

目蓋が下りてきそうになるのをどうにかこらえた。疵だらけになった窓のむこうに、動くものが見えた気がした。室内の様子を反射しているのかと思いきや、しだいに明るくなった光が急速に接近してきた。

それが眩惑されるほどになった瞬間、何かが窓の外側に衝突した。今度はプレキシガラスが粉々に砕けて、緑の水が枠を越えて流れこんできた。見馴れない船の黄色い船首はしばらく留(とど)まり、やがて離れていった。

それは潜水艇だった。パイプラインや坑口の調査で使用する遠隔操作探査機(ROV)によく似ている。

後退した潜水艇のメインハッチが開き、そこから本格的な消防服をまとった人影が現われた。ついに幻覚を見はじめたのだとコックスが思っていると、その男は水中に飛び込み、割れた窓まで泳いでくると水流に乗って室内にはいってきた。

その流れから逃れた男はコックスに近づいた。フルフェイスのヘルメットをかぶっていたが、男がしゃべる言葉はヘルメット外部に装着した小型スピーカーから聞こえた。「ここに何人いる？」

「五」コックスは口ごもりながら答えた。「五人だ。あんたは？　どこの人間だ？」

「ＮＵＭＡだ。われわれの船は約五〇〇ヤード離れた位置にいる。それが近づける限度だった。きみたちの無線連絡を聞いた。制御室を発見するのに手間取ってしまったが、思いもしない場所にあったんでね」

「ＮＵＭＡ？　ＮＵＭＡの人間なら何人か知ってる。あんたの名前は？」

「カート・オースチン」と男は名乗った。「さあ、行こう」

夢かうつつか、それとももう死んでいるのか判然としないコックスだったが、室内は半ば海水で満たされ、火がドアの外まで迫っている。これが現実であろうとなかろうと、この流れに乗り遅れたくはなかった。

彼は負傷者のひとりに手を貸して窓の外に出した。もうひとりの作業員を連れたナッシュとヘイニーが後につづいた。それを追ったオースチンの援護を受け、潜水艇の舷側(げんそく)にたどり着いた五人はハッチに向かって這いあがった。

コックスは最後のひとりを引きあげると、自らも潜水艇に身体を押しこんだ。艇内は息もできないようなありさまだった。乗員二名用に設計された小型潜水艇に、いまは救助された五人と操縦士の六人が乗っている。頑健な身体つきで、黒髪を短く刈りあげた操縦士のジャンプスーツのポケットには〈ザバーラ〉と刺繍(ししゅう)があった。

「こいつは短い旅だから」と、そのザバーラが言った。「ドリンクのサービスはないんだ」

頭上のハッチにオースチンのヘルメットが覗(のぞ)いた。「このバスは満員みたいだな。きみたちを見送って、こっちは次のに乗ろう」

「冗談だろう」とコックスは言った。

「もう一本連絡があってね」とオースチンは言った。「動きがとれなくなってる救命ボートを解放してやらないと」

コックスはほかにも生存者がいると聞いて喜んだが、オースチンがそこまで行けるかどうかは疑問だった。

オースチンはそのままハッチをつかむとザバーラに向かって叫んだ。「こっちは南側にまわる。おれを迎えにくるのを忘れるな」

「そんなことして、おれとやったポーカーの負けをチャラにする気か?」とザバーラが言った。「見込みはないぞ」

ハッチが閉じられ、ホイールが回って固くロックされると、潜水艇はリグの縁から後退し、転針しながら炎の壁をくぐっていった。

驚いたことに、周囲の海水が複数の火柱に彩られていた。肉眼で見るかぎり火は海面ではなく、ずっと下のほうで燃えていた。

「意味がわからない」とコックスは言った。「水中で火がつくはずがないじゃないか。こんなところで」

コックスが知るはずもなかったが、ザバーラもまったく同じことを考えていた。

6

NUMA船〈ラリー〉

ブルックス船長は〈ラリー〉の船橋に立っていた。窓が煤でじわじわ黒ずみ、船体の塗膜にはブリスターが生じていた。船は北極海の砕氷船のごとく炎の第一波を突破していったが、〈アルファスター〉のプラットフォームへ近づくにつれ、黒煙のなかに見え隠れする炎は高さ四〇フィートになり、もはや進むことはかなわなかった。

破壊されたリグの二〇〇ヤード手前で停止して潜水艇を発進させると、消火用ホースで船の周囲に放水しつつ緊張の二〇分間をすごした。高熱でクルーがデッキ上に出ていられなくなると、ノズルを固定して、最大出力で放出しつづけた。その結果、外気温が九〇度をも超えるファイアストームの只中で安全を保つことができた。

ブルックスは、マストカメラでオースチンとザバーラを探す副船長を見つめた。

「すでに一〇分遅れています」と副船長が言った。

ブルックスは返事をしなかった。かわりに、煤ですこしずつ視界が悪くなっていく風防ガラスのワイパーの動きに目を転じた。ワイパーは煤を塗りつけるばかりで、あまり役に立っていなかった。「カメラで何か見えないか?」

「どの波長にも映りません」

「おそらく潜航してるんだろう」とブルックスは言った。「ソナーアレイを使え。左舷正面に向けろ」

副船長は第二制御パネルに切り換え、船首に装着されたソナーエミッターの電源を入れた。球状のハウジングをもつこのエミッターは前方下に位置する。ボタンがタッチされると、パルス状の広域帯ソナーシグナルが発信され、〈ラリー〉と目下危険な状態にある掘削プラットフォームの間で荒れる水流のなかを走っていった。

「ソナーの調子が変です」と副船長が言った。「画像が乱れています」

ブルックスはソナーのディスプレイをあらためた。灰色と黒の箇所をふくんだ画素の粗い部分と、鮮明な画像で海底の残骸を示した箇所があった。「ソナーユニットじゃなく水のせいだ。正確にいえば水中の泡のせいだ。下から昇ってきたガスが壁をつくってる」

副船長が応える間もなく無線が鳴った。〈ラリー、こちらザバーラ〉と陽気な声が響いた。〈そっちの船尾から五〇ヤード付近に浮上した。生存者を降ろす準備をしてくれ〉

ブルックスはマイクをつかんだ。「おみごと。何人発見した？」

〈五人だ。でも、まだ終了じゃない〉

まだなのか、とブルックスは思った。「リスクをとるのはやめだ。そこにいてくれ、こっちで引き揚げる」

〈いや。もどらなきゃならない〉

「現時点では船と乗組員の安全が優先する」

ザバーラは折れなかった。〈いまここを離れたら、乗組員一名を置き去りにすることになるぞ。カートが救命ボートのほうに行った。迎えを待ってる〉

ブルックスはリグの残骸に視線を向けた。プラットフォームの制御室が載った部分は徐々に崩壊して沈んでいった。ほかは火に包まれながらも、森林火災で一本だけ焼け残った大木のように高くそびえている。機材や構造物の一部は脱落し、弱い材質のものは熱でひしゃげたり熔(と)けたりして流星さながらに落下していた。

オースチンの評判はもとより承知しているが、ブルックスにしてみれば、オースチンは正気の人間とは思えなかった。「カートがこいつを生き延びたら、病院でしっかり検査を受けさせる」とブルックスはつぶやいた。「生存者を乗せてからカートの捜索に行け。船は最低でも半マイルは撤退させるぞ」

「そこで会おう」とザバーラは約した。「いまから下のカーゴハッチに寄せるから。クルーにハッチを開かせてこの連中を収容してもらう。彼らが降りしだい、こっちは引きかえす」

7

〈アルファスター〉プラットフォームの下層

海軍時代、そしてNUMAに在籍するなかで、オースチンは数多くの消火研修を受けてきた。基本的な部分も高度な技術も、その中間にあるものもすべてを学んでいた。地上の石油施設でブロウアウトが起きた際の火災救助にあたった経験も一度ならずあった。そうして受けた訓練で得た事実がひとつある。火は呼吸を必要とする生き物だ。酸素を奪えば火の命を断つことができる。

問題は、今度の火が自然現象では説明できそうもないことだった。その色は自然とかけ離れたオレンジと青の混合であるばかりか、酸素が豊富のはずがない密閉された区画で発火したのである。水中で火が燃えていた。その下を泳ぐことはできず、回りこむのがせいぜいなのだ。

リグの沈んだ部分からまだ無事な箇所まで行くのに、火柱をつぎつぎ迂回(うかい)しなければならなかった。

リグの主要セクションにたどり着いたオースチンは、水から上がって階段をめざし、燃えてねじ曲がった金属の巣に分け入った。

いまのところ、プラットフォームの自動水平化システムによって転倒は食いとめられているが、そのために必要な大量のバラストのせいで下層のデッキは水中に没し、残るプラットフォームのセクションもゆっくり沈下していた。

どうにか行き着いた外階段付近では、つかの間火の手から逃れられたが、周囲には煙と有毒な蒸気が蔓延(まんえん)していた。腕に留めたモニターが、四種類の有毒ガスと致死レベルの煙を検知した。これで宇宙飛行士ばりの防御をしていなければ三〇秒ともたないだろう。

熱の問題はまた別の話だった。耐熱スーツと冷却剤の作用で、体温の上昇はそれなりに抑えられているが、それもそう長くはつづかない。

反対の腕にある特大のクロノメーターを見ると、酸素の残りは一一分、冷却剤は五分。急がなくては。

崩れたパイプを避けながら階段を三階分昇り、そこで目的のものを発見した。長さおよそ五〇フィート、先端が尖って尾部が丸みを帯びたオレンジ色のポッドである。

巨大な魚雷に似た避難ボートは自ら発進するタイプのものだった。船の救命ボートのように海面まで下ろす必要はなく、傾斜をつくったレールの上に設置されている。固定用クランプを解除すると船首から滑走して、オイルリグの高層デッキから自由落下する。

オースチンは同様の避難ボートに試乗した経験があった。時速五〇マイルで海面に当たるのだが、尖った船首で表面張力を破る設計がされているにもかかわらず、煉瓦壁に衝突するような衝撃がある。そのため、利用者は後傾して座ったうえ、ハーネスとむち打ち防止用のヘッドレストを着用する。それとてボートが解き放たれないかぎり、なんの意味もない。

近づいてみて、すぐに問題がわかった。ポッドを滑走させる発射レールの片方が、爆発によって内側に曲がっていた。そこがボートの解放を阻止する門扉(もんぴ)と化していたのだ。

「こいつは簡単な修理とはいかないいな」とオースチンはつぶやいた。どうして作業員たちは外に出たり、別のボートを探そうとしなかったのか。

落ちていたパイプを手にレールの上に昇り、乗員の注意を惹(ひ)こうと船体を叩いた。

そして手袋をした手で舷窓に付着した煤や酸化物を擦り取った。

ガラスに顔を寄せると、内部には一〇人いた。全員がストラップを締めて待機している。限られた視界からでも、数人が怪我や火傷を負っているのがわかった。操縦席にいるひとりが、先に救援連絡をしてきた無線を懸命に操作していた。

ふたたび舷側を叩くと、男はようやく気づいた。「身動きが取れないのか」とオースチンは叫んだ。

男が無線のボタンを押し、スピーカーから声が流れてきた。〈どうにかボートを出せないか前後に揺らしてみた。でもだめだった〉

「このままじゃどうにもならない。いっしょに来てくれれば別のボートまで連れていく。あるいは水面まで行こう。小型潜水艇を呼びもどしてきみたちを収容する」

男は首を振った。〈ここには負傷した男女がいて、五人が火傷、ふたりが足の骨折、三人が意識を失ってる。誰も消防用の装備がない。デッキを二層降りてポッドに乗りこむだけで果てしなく時間がかかった。とても無理だ〉

男の言うとおりで、このボートで脱出するか、なかで死ぬかのいずれかだった。

「ストラップを締めろ」オースチンは言った。「こっちでなんとかしてみる」

〈何を使うんだ?〉

「使うとすればスイス・アーミーナイフだ」

オースチンは、金属を断ち切るなり曲げられる道具はないかと周囲を見まわした。目につくものはなかったが、アイディアをひとつ思いついた。「落ちる準備をしておくんだ。いきなり動きだすから」

〈急いでくれ。蒸し焼きにされそうだ〉

時を無駄にするつもりはなかった。オースチンはパイプがはずれて散乱した場所まで引きかえし、軽合金の細長いパイプを見つけだした。先端にねじ穴が切られて継ぎ足しができるものである。

サイズが合う三本をつかんで先端をくらべると、動けない避難ボートのところにもどった。

最初はパイプを長い梃子にしてレールの曲がりを直し、ボートを発進させるつもりだったが、それは不可能であることがわかった。

「梃子としっかりした足場があればな」オースチンは誰にともなく言った。「だが、しっかりした足場がないとすると——」

下層で何かが爆発した。キャットウォークが揺れ、上から瓦礫が降ってきた。オースチンはそれを避けた。手がかりは水だ。

急いでパイプをつないで三本を固く継ぎあわせ、四〇フィートにおよぶ扱いにくい金属管を、あえて火勢の強い箇所を通して海面まで下ろしていった。

パイプをキャットウォークに立てかけると、装着していた補助レギュレーターをはずしてホースを引きちぎり、パイプの上部から一気に酸素を注入した。こうすることで低圧部分をつくってパイプ内に揮発性ガスを取りこみ、火には純酸素が供給されることになる。

ガスが管内を上昇してくるのにやや時間を要したが、先端に到達するやいなや炎がほとばしった。

オースチンはパイプを発射レールにあてがうと、隙間越しに身体を危険なほど伸ばし、すでに脆くなっている金属の湾曲部分に直接火を噴射した。

温まったパイプの熱が、防火手袋をはめた手に伝わってきた。「行け」とオースチンはつぶやいた。

強烈な炎に絶えずさらされて、発射レールはたちまち黒ずみ、やがて熾火のように赤くなっていった。

赤く光ったレールは軟化した。避難ボートがわずかに前へ出た。

「あともうすこし……」と洩らすオースチンの両手は灼けはじめていた。

と、そこで重力が勝った。ボートが脆くなったレールをちぎり、オースチンの急ごしらえのトーチを手から弾いた。

すべてが相前後して落下した。パイプはあちこちに当たりながら、オレンジ色のポッドは小型爆弾さながら海面に衝突した。

その衝撃で大量の海水が左右に散り、一時的な真空状態をつくりだした。

「いまだ」オースチンは二歩走って縁から跳んだ。両手でヘルメットを押さえながら足を先に落ちていった。海中二〇フィートまで潜ると残った力を振り絞って浮きあがろうとした。

水面に顔を出すと、すでに動力を使って走りだしていた避難ボートのテールをめざして泳いだ。

後ろに伸びたロープをつかみそこね、ひとり取り残されたオースチンはオレンジのボートの航跡をたどって泳いだ。それで火を避けることができたのだが、すぐに距離をあけられた。遠ざかっていくボートとの間を火の壁が立ちふさがった。

オースチンは立ち泳ぎしながら左右を確かめたが、炎の壁に抜け道はなかった。水中に目を落としても、火は見える範囲で下までつづいている。泳いで突っ切ることも、下をくぐることも、回りこむこともできない。

「これはプランBが必要だな」とオースチンは自分に言い聞かせた。

しだいに炎の環が迫って、オースチンが立ち泳ぎする安全な場所は差し渡し一五フィートほどに狭まっていた。向かう方向を決めて泳ぎだそうとしたそのとき、足に何かが当たり、オースチンの身体は手足を広げた体勢で持ちあがった。

ちょうど真下から、ザバーラの潜水艇が浮上してきたのだ。

オースチンは艇体をつかんで身を支えた。

開いたハッチからジョー・ザバーラの笑顔が覗いた。「なかのほうがずっと天気がいいけど」

すでにオースチンはハッチに向かって移動していた。「二度言う必要はないからな」

さっそく乗りこんだオースチンがハッチを密閉する一方で、ザバーラはタンクをベントして小型潜水艇を水中に潜らせた。

酸素のアラームが鳴り、冷却剤の警告灯が点灯していた。何時間にも思えた行動のすえ、オースチンはようやくヘルメットを取った。「ずいぶん暢気な旅だったじゃないか」

「あんたにひとりで脱出するチャンスをあたえるつもりだった。そのほうが自尊心の構築に役立つんじゃないかと思ってね」

「ずいぶん思いやりがあるんだな」オースチンは感謝するような口ぶりで応じた。

「おかげさまで、もうちょっとでベイクトポテトにされるところだったよ」

「むしろパスタだな。じつは見つけるのに手間取ってね。いくら潜水艦でも、この火のなかを進むのは大変だった。避難ボートが水を打って、そこでやっと居場所がつかめた」

前方のガラス越しに、はっきりと火柱が見えた。ザバーラはそれを迂回しつつ、さらには半ば沈んでいたリグと、瓦礫や漂流物を避けて進んでいった。

「こいつは石油でも天然ガスでもないな」とオースチンは口にした。

「おれもそう思う」ザバーラも同意した。「でも、だったら何だ?」

「さあ。そこは調べたほうがよさそうだ」

8

火災域外
NUMA船〈ラリー〉

消防服を脱いだオースチンはシャワーを浴び、ジーンズとNUMAのTシャツに着換えた。普段着がいつになく心地よかった。

医務室へ行くと、オースチンの手を診た医者の診断は熱傷だった。あれこれ調べなくても、そのぐらいはオースチンにもわかる。

「ひどくはないな」と医者は言った。「一度だ。ハイタッチを数日控えれば治るだろう」

シルバディン軟膏を塗られて放免されると、オースチンは〈ラリー〉の潜水チームの指令所――クルーの間ではOSLOで知られる区画でザバーラ、ブルックス船長、そしてリック・コックスと顔を合わせた。

ＯＳＬＯとは、船外および陸上活動（オフシップ・アンド・ランド・オペレーション）の略称である。乗組員たちはノルウェーの首都と同じ発音でその場所のことを言い表している。〝ＯＳＬＯでブリーフィングをやる。一日どこに行ってた、ＯＳＬＯに缶詰めか？〟といった調子だ。

プロジェクトのリーダーは、この場から潜水や陸上活動をおこなう作業員ならびに潜水艇の現況をモニターすることができる。室内にめぐらされたスクリーンには、ヘルメット搭載カメラやＲＯＶなど、ＮＵＭＡで使用する機器から送られてきた映像が流される。

複数のソナー画像が、他船やブイや救助艇から伝達されてきたものをふくめて一個の整然とした画像に組みこまれ、設計者が〝ホログラフィック・プレゼンテーション・チャンバー〟と名づけた室内中央の３Ｄディスプレイに映し出される。〈ラリー〉の乗組員がそれを〝水槽〟と呼ぶのは、ビリヤード台の大きさほどもあるディスプレイの電源を切ると、たんに擦（す）りガラスの巨大な塊（かたま）りにしか見えなくなるからだった。

スイッチを入れてソナーのデータが供給されると、ディスプレイには監視下のエリアの縮小された三次元画像が現われる。そこには正確な位置とともに、ソナー範囲内に存在するダイバー、潜水艇、岩礁、漂流物、障害物、海上の船舶が縮尺されて投影される。いずれも驚くほど詳細なものである。

水槽を上から見れば俯瞰の視点が得られる。目を側面に移せば横からの視点となり、プロジェクトの責任者は現在進行中の作業の全体像をつかむことができる仕組みだった。

オースチンが室内にはいっていくと、ザバーラ、ブルックス、コックスの三人は室内奥の壁に据えられた複数のスクリーンに見入っていた。第一の画面には、マスト先端のカメラが捉えた火災の映像が流れていた。つぎのスクリーンはメキシコ湾の衛星画像で、煙の帯が東方向に流れる様子が確認できる。

第三スクリーンに映るのはメキシコ湾の地図で、周辺で稼働中の掘削リグと蓋をされた油井、パイプラインの位置をすべて表示していた。その配置はもつれた紐のように見える。

第四スクリーンが映し出していたのは、ワシントンのふたりの人物の険しい顔だった。ひとりはNUMAの副長官であり副官のルディ・ガン、そして連邦緊急事態局の長官のランス・オルコットである。

オースチンが入室したのは、オルコットが話している最中だった。「……さらに沿岸警備隊が消火活動に五隻を派遣しているが、大統領は彼らが到着するまでは現場をNUMAに委ねるとした。私には理解しかねる決定だが、とにかくそういうことだ」

オルコットはルディ・ガンに不機嫌そうな目を注いだ。ガンはそれをまるで意に介さず会話を引き取った。「まずやるべきことは被害の査定だ」

すでにそれはブルックス船長がおこなっていた。「われわれは火災区域を周回して残るリグを観察し、海中をソナーでスキャンしました。損害の全体像をつかんでいます。ダメージを受けたパイプライン網がガスを放出しています。〈アルファスター〉は全損——海上にはそう長く留まれないでしょう。残る二基はそれよりましですが、プラットフォームに危険が迫っています。現在は直接燃えてはいませんが、火に囲まれた状況です」

ガンはコックスを見た。「あなたの会社は残るプラットフォームにたいする救援を望んでいる」

「一基で一〇億ドル近くかかってるんだ」とコックスが答えた。

ガンはうなずいた。「それは聞いた。われわれのほうで、リグを退避させるのに外洋タグボートを向かわせている。しかしビデオを見るかぎり、火がおさまらないと牽引はできそうもない」

「それは無理だ」とコックスは言った。

オルコットが提案を持ち出した。「こちらが送ったタンカーを外側の油井に付ける。そうして石油とガスを吸いこんで噴出する量を減らす。そうすれば火の勢いも衰えるんじゃないか」

「タンカーは引きかえさせたほうがいい」とオースチンは言った。「邪魔になるだけだ」

FEMAの長官はその意見に憤慨した。「〈ディープウォーター・ホライズン〉の原油流出事故の際にはそれが役に立った。メキシコ湾に二〇〇万バレルの石油が流出するのを防いだ」

オースチンはコックスを見た。「あなたから話したらいい」

コックスが立ちあがって咳払(せきばら)いをした。「石油は海面まで昇ってきていません」

オルコットは驚きの表情を浮かべた。ガンでさえ聞き違えたのかとばかりに小首をかしげた。

「石油がない？」

「可燃性のガスだけです」

「たとえガスが燃えているだけにしても、周辺の油井に横付けすればガスを吸いあげることは可能だろう」

「あれは天然ガスではありません」とオースチンは言った。「メタンガスでもなければ、これまで見てきたような炭化水素でもない。あれは水と反応している。上昇する最中に燃えている。水中で拡散して希薄化しても、火が消えることはありません」

オルコットは戸惑ったように座りなおした。「理解に苦しむな。水中で燃えるガスの存在など聞いたことがない」

「われわれも同じです」とオースチンは答えた。「そこで、私は主任地質学者、ポール・トラウトと話しました。彼が指摘したのはふたつの可能性です。海底の裂け目から酸素蒸気が炭化水素とともに噴出されている、もしくは、われわれが対処しようとしているのはいま未知の化合物である。確かなのはそのガスが疎水性であること、つまり水にふれると同時に発火すること」

「だとしたら、リグを安全な場所まで引っぱるのはなおさら困難だな」とガンが言った。

オースチンはうなずいた。「こちらでわかったことはお知らせします」

ガンとオルコットとの通信が終了すると、オースチンはブルックスに視線をやった。

「目下の問題を見てみよう」

オースチンは水槽に歩み寄り、電源を入れた。すると室内の照明が落ち、ホログラムが投影された。まず現われたのがオリーブグリーンに塗られた海床、つぎに縦横に引かれていったオレンジ色の線は海中のパイプラインの位置を示していた。さらに現われた赤い縦のラインが長さ一〇〇〇フィートの林立するパイプで、海底から海上の石油プラットフォームを表すアイコンに向けて伸びている。

「火事を付け足そう」

オースチンがキーを何回かたたくと、オレンジのパイプの切れ目から紫と白の複数の柱が垂直方向に伸びていった。この柱は上昇するにつれて広がり、海面に至って恐るべき巨花となって咲き誇った。

「それぞれの火が別々のパイプラインから発生してる」オースチンはコックスを見た。「この火元の炎は、きみのクルーが掘った坑口から噴きあがり、〈アルファスター〉の残骸の真下に当たってる」

立体画像では〈アルファスター〉は紫一色だった。

画像をわずかに変えると、他のプラットフォームが見やすくなった。囲まれた火に外から焙(あぶ)られていたが炎に呑みこまれてはいない。

近づいてきたコックスは〝チャンバー〟を凝視すると血走った目を丸くした。「石油を探すときには、おれたちもいろいろハイテクを使うが、こんなのは初めて見た」

コックスは頭をかきながら目の前の画像に見入った。リグの下の様子について詳しいのは、コックスをおいて他になかった。「あっちの火は収集ラインから出てる」コックスはオレンジのパイプの数カ所を示して言った。「こいつを止める方法はないな、主坑と直接つながってる」

ザバーラが顔を寄せた。エンジニアであるザバーラは、数々の潜水艇や水中での居住空間を造ってきた。若いころには油田で働いていたこともある。そのザバーラがオレンジのパイプが収斂（しゅうれん）するあたりを指した。「ここの切り換え弁を閉じれば、残ったリグの近くで燃える火に注ぐガスをブロックできるんじゃないか」

「理屈ではね」とコックスが言った。「だが、そこの弁を制御する装置は〈アルファスター〉にあった」

「直接動かせないかな?」とザバーラ。

コックスが首を振り、四人の男たちは〝水槽〟の観察にもどった。やがてオースチンがアイディアを思いついた。「火は消せないし、リグも動かせない。だったら火を動かすというのは?」

コックスはオースチンを見た。「しかし、どうやって火を動かす?」

オースチンは最大でまだ無傷のパイプを示した。そのパイプは焼けた〈アルファスター〉の残骸の真下に通じていた。「パイプをここで切断すれば、残るリグのそばで噴出しているガスはそっちの裂け目からじゃなく、ここから漏れる。〈アルファスター〉は格好の餌食にされてしまうが、ほかの業火はそれで立ち消えになる。二基のプラットフォームが延焼をまぬがれたところで曳航すれば、ブラッケン・ケイジャンチキンほどひどい代物にはならないだろう」

コックスは身を乗り出してパイプの配置を検討すると、反対側にまわって逆の角度からも同じように眺めた。そしてうずくまり、失くした宝物でも見つめるような視線を水槽に向けた。

「他を救うために壊れたプラットフォームを犠牲にするって？　そいつは認めてもいい。でも、このガスがあんたらの言うように――水にふれたとたん発火するとしたら――パイプを切ったら大爆発だ。おれたちのリグに起きたことを思うと、おれはそこのラインのそばにはいたくないな」

オースチンはうなずいた。「だったら爆薬を使って遠隔操作で爆破しよう」

9

NUMA船〈ラリー〉

オースチンとザバーラが〈ラリー〉の主力潜水艇にもどるころ、太陽は水平線に向けて沈みはじめていた。東の海は燃えつづけ、船上から望む地獄絵は煙と熱気のせいでぼやけている。

すでにザバーラは操縦席にいて、乗りこんだオースチンはハッチを密閉した。

オースチンは業火を一瞥するとクレーンのオペレーターに親指を立ててみせた。持ちあげられた潜水艇は、舷側越しに海面まで下ろされた。

「もう一度あの突破口へ突撃せよ」ザバーラの傍らに腰を据えて言った。

「さもなくばわれら自身の突破口を開く」とザバーラは返した。「正確には……」

「わかった、行こう」

ザバーラがバルブを開くとタンクから空気が排出される音が響き、やがてそれが静まるにつれ潜水艇は波の下に潜っていった。いちばん手前で燃える火に一マイルと接近したあたりで、海が穏やかになった感じがしたが、それも遠くに揺れる炎が見えてくるまでのことだった。

「外側の火に近づいた」とザバーラは言った。

ブルックス、コックスらが母船内のOSLOでモニターしていた。ザバーラの言葉にブルックスが無線で応じた。〈外側の火を確認。取り舵(かじ)五度で、つぎの危険地帯まで順調に進めるはずだ〉

「こっちで潜ってるおれたちより、あっちの眺めのほうがいいなんて不思議だな」とザバーラは言った。「きっとおれたちの船のちっぽけなアイコンは、《ミクロの決死圏》のミニチュア潜水艇みたいな感じなんだろう」

オースチンは笑った。「しかし、こっちが付きあわされてるのは、ラクエル・ウェルチじゃなくておまえだからな」

ザバーラが針路を修正する間に、オースチンは手もとにある照明付きキーボードでコントロールパネルをスライドした。そこから潜水艇のロボットアームを操作できるのだ。

「水平航行」とザバーラが言った。「引きつづき東へ進む」

〈いいか〉ブルックスが応答した。〈あと四分の一マイルで、アルファスターの下でブロウアウトした立坑の残骸に近づく。そっちに見えるのは火柱だけだろうが、まだ金属片が残ってるのをソナーで確認してる。気をつけろ〉

これは外野からの口出しが多くなる状況だった。ＯＳＬＯのシステムをフル稼働させた場合の難点である。

「真正面にキャンプファイア」とザバーラが言った。「マシュマロを持ってきてればな」

「いまは切らしてる。Ｃ‐４を五〇ポンドで勘弁してくれないか？」

「だったら盛りあがるぞ」

ふたたび無線が鳴った。今度はコックスからだった。〈あんたたちはいまメインの移送ラインに近づいてる〉

「なにも見えない」とザバーラが応じた。

〈埋設されたラインだが、その位置からは垂直の出っ張りが目につくはずだ。そいつをたどっていけばアルファスターの下まで行ける〉

オースチンは沈殿物に埋もれた突起を見つけて指さした。

「見えた」とザバーラが言った。「旋回を開始する」

汚泥にまみれた突起をたよりに、二本の火柱の間を抜けて目標をめざすことにした。

オースチンは、噴き出したあたりでは細く凝縮されている火柱が、上昇するにしたがって幅を広げていることに気づいた。

「あの疎水性のガスだが、パイプから高圧で噴出してるな」

火に近づいていくと、鋼鉄の艇体を通して轟音が響いた。

「貨物列車並みだ」とザバーラが言った。

相づちを打とうとしたオースチンだが、そのすさまじい音に会話がさえぎられた。

間近に迫る炎の泉はまともに見られないほど眩(まぶ)しく、オースチンは発火地点よりも下に視線を落とした。海底にはクレーターが出来て、そこに折れたり曲がったりしたパイプが散乱している。

炎をやりすごすと騒音のレベルは通常にもどり、前方の海底は晴れた砂浜のように明るく照らしだされていた。

〈この先、露出した配管群が見えてくる。三本を連結したパイプとバルブの装置が、沈泥(シルト)から木の幹みたいに突き出してる。そこから五〇フィート行ったあたりが爆薬に最適の場所だ〉

ザバーラはバルブ装置を越え、汚泥の盛りあがったところに潜水艇を降下させていった。「ここがスポットだな」

「じっとしてろよ」

オースチンはキーボードでロボットアームを操作し、アームに内蔵されたジェット水流で沈殿物を飛ばしていった。巻きあがった泥の渦は、オースチンが水流を停めると流れ去っていき、そこに電柱ほどの太いパイプが現われた。

かつて灰色に塗られていた鋼は、いまやフジツボと錆に覆われている。

「パイプの肌が見えた」オースチンは最初のロボットアームを収納して第二のアームを伸ばした。こちらのアームには、先端の鉤爪に信管を取り付けたC‐4の大きな塊りと、爆薬をパイプに固定する環状バンドが装着されていた。一端が開いたバンドは軽く押すだけでパイプを取りまわし、ブレスレットの要領で留まる。

「強く押しすぎるなよ」とザバーラが言った。「あのラインにかかる圧力は約一万ポンド／平方インチで、これまでの爆発でダメージを受けてないともかぎらない」

「やさしくやるから」

オースチンは手際よくパイプにまわしたバンドを留めた。「ちょろいもんだ。後退しろ」

潜水艇はふたたびスクリューを回し、パイプから離れながら細いワイアを引き出していった。一〇〇ヤードの距離をおくと、ザバーラは艇を停めてその位置を維持した。

「秒読みを一五分に設定する」とオースチンは言った。「それだけあれば、〈ラリー〉にもどってビールをあけて、花火見物する時間も稼げるだろう」

ザバーラがうなずき、オースチンはタイマーをスタートさせた。操作パネルのデジタル表示が15：00から動きだした。

タイマーが進んでいくなか、オースチンはコントロールワイアの接続を断ち、ザバーラが離脱に向け潜水艇を旋回させた。

ＯＳＬＯのコンパートメント内では、ブルックス船長がタイマーの秒読みとともに離れたスクリーンに目をやった。コックスは水槽の傍らに立ち、オレンジ色のパイプライン沿いに退避する潜水艇の電子バージョンを眺めていた。「オリンポスの山から世界を見おろすゼウスの気分だ」

「ポセイドンのほうが近いな」と船長は応じた。「でも、あんたの言いたいことはわかる。もうずいぶん馴れたが、初めてサルベージ作業に使ったときには同じことを思った」

　コックスはディスプレイの周囲をめぐりながら、崩れたパイプの配置、〈アルファスター〉から脱落して海底に散乱する瓦礫、それに低速で進むオースチンとザバーラの潜水艇のミニチュアに見入った。すると、水槽内で潜水艇以外のものが動いていることに気づいた。「こいつは何だ?」

　ブルックスが振りかえった。「何の話だ?」

「水槽にグッピーがもう一匹いる」

　コックスの脇にしゃがんだブルックス船長は、しばらく凝視したすえに頭を振った。コントロールパネルに歩み寄り、一回、二回、三回とズームインのキーをタップした。

　その三度めの拡大によって確認されたのは、南へ移動するディスク状の物体だった。それはちらついたかと思うとふたたび現われ、また消えた。

「不具合か?」とコックスが訊いた。

「そうとは思えない」船長は真顔で言った。「水槽に映るのはソナーが拾ったものだけだ。火事やガスの噴出や残骸のせいで、信号がところどころブロックされて途切れることはある。でも、あのあたりはまったく問題がなかった」

　ブルックスは受話器を取って船橋に連絡を入れた。「操舵、五ノットで北東に転針。ソナーチームに、まだならパルスを最大限にと伝えろ」

動きだした船内で、ブルックスはディスプレイに目を走らせた。数分間はなにも見えなかった。やがて赤いディスクが再度出現した。

「フリスビーに似てるな」とコックスが言った。「むしろ空飛ぶ円盤か」

「そっちが近いな。未確認ということでいえば」

ブルックスはあらためてインターコムのボタンを押したが、今度はソナー操作室に通じた。「ソナー、こちら船長。現在ＯＳＬＯで、方位〇‐四‐五の接触を視認中。水深八五〇フィートを危険地帯へまっすぐ向かってる。これが人工の遺物あるいは生物の指標である可能性は？」

「ありません」とソナー操作員が答えた。「速度と音の特性から、電動によるジェット水流であると思われます」

「どういうことなんだ？」とコックスが訊いた。

「カートとジョーには連れがいるってことだ」

10

水深八〇〇フィート
NUMA潜水艇

「どういうことなんだ、新たな接触って？」

オースチンはブルックス船長からの報告に応答していた。正しく聞き取れた自信がなかった。

〈言ったとおりだ〉と船長が答えた。〈潜水艇がもう一隻、そっちのパイプラインの残骸のほうに向かってる。いまは大きな炎の陰に隠れて見失ったが、間違いなくそこにいる〉

「ただの漂流物じゃないんだな？」とザバーラが訊ねた。

〈その漂流物に推進機が付いてないかぎりは〉

「その正体に心当たりは？」

「まったくない」

「こいつが破壊工作だとしたら」とザバーラが言った。「犯人には爆薬を仕掛ける船が必要だ。で、二基のプラットフォームは無事だと気づいたら、仕事を片づけにもどってくるかもしれないな」

〈われわれの考えはまさにそれだ〉とブルックスは言った。

オースチンはもう一度通話スイッチを押した。「こちらで様子をうかがうことにする。みすみす誰かに吹き飛ばされたら、残るリグを救おうという努力が無駄になる」

〈すでにこちらで妨害針路を座標にした。方位は〇‐七‐七、相手が針路も深度も変えないとすれば、五〇フィート上の真後ろに付くことになる〉

ザバーラの修正に従って、潜水艇は向きを変えて速度を上げた。もつれた配管類を斜めに突っ切り、火元から離れていった。「なあ、このままここに置き去りにして爆薬に点火すれば、むこうはものすごい頭痛をかかえることになるけど」

「それも頭をよぎった」とオースチンは言った。「しかし、相手が敵対する船じゃない可能性もある。最近は自前の潜水艇を持ってる金持ちも多い。それに、どこかのネットワークや独立系の記者が、この惨状の第一報を抜こうと潜水艇をチャーターしても不思議じゃない。数百万ドルの価値がある映像だ」

「それならラッキーだけど。でも仮に相手がお行儀の悪いリポーターじゃなかった場合、こっちはどう対処する？　念のために言っとくと、こっちは丸腰だ」

「それで問題が起きたことは？」

「少なくとも、全体の八〇パーセントで」

オースチンは苦笑した。「おまえは間違ってない。じゃあ、まずは相手の正体を探ろう。それで何か思いつくだろう」

ザバーラは最高速度で潜水艇を駆った。小さな火をかわしていくうちに新たな物体に出くわした。それは思いも寄らないものだった。

海底に、まるで駐車場に置かれたように、牽引トラックのないタンクローリー四台が並んでいた。タイヤがはずされ、ホイールハブが車軸のあたりまで泥濘（ぬかるみ）に埋まっている。

円筒状のタンクは複雑に配管がなされ、そこから接続された太いパイプが海底に沿って走り、やがてその下にもぐっていた。

「こいつはいったい……」とザバーラがつぶやいた。

「〈ラリー〉、これが見えているか？」とオースチンは言った。

〈こちらにも見えている〉

「あなたたちはここに何の装置をつくっているんだ?」

それはコックスへの問いだった。〈なんでそんなとこにタンクローリーがあるのか、おれにはさっぱりわからない。われわれのものじゃないことはたしかだ〉

「こいつはパイプラインとつながってる」とザバーラが言った。「いま問題になってる可燃性ガスは、このせいじゃないのか?」

「いまの状況は、タンクローリー四台のガスではとてもまかないきれない」とオースチンは答えた。

〈そいつは回収管じゃない〉とコックスが言った。〈噴射管だ。油田の下にある岩層に高圧の水を注入するのに使う。こういう古い油田では、そうやって油を表に押し出すんだ〉

ザバーラは配管の周囲をめぐった。若干離れてみて、四台のタンクローリーが先のほうで別のラインに接続されているのを見つけた。

そちらへ移動する間もなく、ブルックス船長の声がした。〈標的を再捕捉した〉

オースチンとザバーラはあたりに目をくばった。「なにも見えない」

〈東に四分の一マイル。まっすぐそっちに向かってるぞ〉

ザバーラは速度を落とし、艇首を東へ向けたが、目視できるものはなかった。

〈三〇〇ヤード〉船長が警告を発した。〈二〇〇……〉

通常、この水深の海では視界の助けになる光はない。強力な照明でも数百フィート先では吸収されてしまう。だが何本もの火柱が立っていたせいで、海底は光と影のパッチワークと化していた。

そんな千変万化する紋様の先に、オースチンは近づいてくる物体を認めた。それは薄く平たく、やがて膨張するように深度を変えると、頭上を通過していく際に、ザバーラとともに仕掛けてきた爆薬に似た不審物を三個投下した。

「ここを離脱しろ」とオースチンは言った。

ザバーラがスロットルを全開にした潜水艇は、海底に駐車したタンクローリーから離れていった。その動きがやけに鈍く感じられた。

「これで精一杯か?」

「こいつはスピードを競う代物じゃない」とザバーラは返した。

背後の物体はゆっくり深度を下げ、沈んだタンクローリーの群れのなかに降りていった。

オースチンは時間がないことを意識していた。「浮上しろ」

ザバーラがバラストタンクから排水して艇首を上げ、しっかり踏ん張ったそのとき、つづけざまに三つの閃光が瞬いた。

同時に襲ってきた衝撃波に、潜水艇は翻弄(ほんろう)された。

さいわい、NUMAの潜水艇はスピードで劣るぶん、強度が重視されていた。一万フィートより深い水域で作業をおこなうよう設計されているため、艇体はきわめて頑丈だった。衝撃を吸収して曲がりも変形もせず、波が過ぎ去ると体勢を立てなおした。オースチンとザバーラは艇内で振りまわされたが、ショルダーハーネスを締めていたおかげで座席から飛ばされることはなかった。

ザバーラがコントロールを取りもどし、オースチンは攻撃してきた相手を探した。

「見えない」床に落ちたヘッドセットをつかんで着けなおした。「〈ラリー〉、標的は捉えているか?」

〈いいや〉と船長が言った。〈いまの爆発でソナー画像が乱れた。落ち着くまでしばらくかかる〉

「むこうはタンクローリーを一台吹っ飛ばした」とザバーラが応じた。「帰りがけに残りを狙(ねら)うほうに、給料ひと月分を賭(か)ける」

オースチンはうなずいた。「そうなるまえに手を打とう。ライトを消して方向転換だ。一杯食わされたから、今度はこっちが脅かす番だ」

ザバーラは前照灯を消して反転させ、沈んだ第二のタンクローリーへと向かった。

オースチンは指さした。「見えたぞ。左舷側から近づいてくる。つぎの爆撃を仕掛けるつもりらしい。むこうの上に出られたら、おれがロボットアームでつかんでやる」

「それならできると思う」

ザバーラは上昇させた潜水艇を新たな針路に入れ、獲物を狙う鷹を思わせるカーブを描く迎撃ラインを取って降下を開始した。

平たいディスク形の潜水艇は、タンクローリーに近づくと速度を落とした。点灯したライトにタンクの群れが照らしだされた。

潜水艇は降下のスピードを速めて間隔を詰めていった。「このまま襲いかかってもいいけど、緑の小男が出てきたら賭けは中止だ」

ロボットアームの準備をしたオースチンは、下方の標的に目を据えた。「体当たりしろ」

ザバーラが操縦桿を前に押しこむと、重量に勝るNUMAの潜水艇は得体の知れない物体に一撃をあたえた。オースチンは相手の外殻に配された導管にロボットアームを伸ばし、金属製のチューブをつかんで後ろに引いた。

相手の潜水艇は速度の上げ下げをするかわりに、ターンテーブルのように回転しながら自前のアームを伸ばしてきた。

オースチンは動力が損なわれることを期待して、後部の導管を引きちぎった。だが相手の動きは止まらなかった。アームの拘束を逃れて上昇すると、NUMA艇の前面の窓をよぎる際に鉤爪を開いて爆薬の塊りを投下した。それがNUMA艇の艇首に当たって貼りついた。

ザバーラが後退させたものの、すでに爆薬は艇体に密着していた。「磁石だ」

相手はふたたび旋回するとジェット水流でシルトを巻きあげ、その雲の渦にまぎれてその場を離れていった。

「やるじゃないか」とオースチンは言った。

「追いかけてもいいけど」とザバーラが言った。「それよりでかい問題をなんとかしないとな」

オースチンが引きもどしたロボットアームには、相手の潜水艇から剝がした導管などの部品がぶらさがるように残っていた。オースチンはアームのグリップを固定した。

「こいつはあとで調べることにしようか」と言って第二のアームに切り換えた。

「おれたちが生き残ることを前提としての話だが」とザバーラが言った。「爆弾を艇体からはずせるか？」

オースチンは切り換えたアームを伸ばして爆薬をつかもうとした。しかし、付着した場所が場所だけにしっかり握らせることができない。せいぜいできるのはアームの側面で叩くことぐらいだった。

「むこうは別のタンクのほうにもどろうとしてる」とザバーラが言った。「この爆弾があっちと同期して弾けたら……」

あまり時間がないことはオースチンにもわかっていた。ロボットアームを横に振り、爆弾に叩きつけた。それがまともに当たって爆弾は数インチずれたが、今度は完全にとどかない場所に貼りついた。

「またややこしいことを」とザバーラ。

「たしかに。このあと生き残れたとしての話だが、責任はおれが負う。何かアイディアは？　どうやら剥がすのは無理だ」

「熱だ」とザバーラは口にした。「物質は熱で消磁される。潜水艇を火のなかに突っ込ませるのさ」

「やってくれ」

すでにザバーラは潜水艇の向きを変え、近くで燃える火のほうへ走らせていた。火柱に接近させるのは、燃焼するガスが造る乱流のせいで厄介だったが、ザバーラは艇首をすこしずつ火のなかに入れ、かろうじて位置を保った。

たちまち温度が上がった。

「やんわり燃やしてる暇はないぞ」とオースチンはうながした。「そいつを溶かすんだ」

ザバーラが先に進めた潜水艇は炎とガスと水の渦にとらわれた。温度が急上昇して磁力が弱まり、爆薬は艇体から滑り落ちていった。

「脱出だ」

ザバーラの操縦で潜水艇は火から逃れたが、タンクローリーが眠る付近で立て続けに二回の爆発が起きたときには、まだ充分な距離が取れていなかった。

オースチンは避けがたい事態に身構えたが、艇体に付着していた爆薬が——どこに落ちたにせよ——誘爆することはなかった。

オースチンはザバーラを見た。「信管が火で溶けたんだろう」

「当然だね。そうなることはわかってた。何をそんなに心配してるのかと思ったよ」

ザバーラを見つめて、オースチンは突然笑いだした。炎から逃げながらも、ふたりは自分たちが粉々に吹き飛ばされるものと覚悟していたのだ。

オースチンはパネルの通信スイッチを押した。「〈ラリー〉、聞こえるか？」

〈かろうじて届いてる〉とブルックス船長の声がした。〈あの世からの交信でなければ幸いだ〉

「スパーリングパートナーの消息は？」

〈すまない、カート。また見失った。そいつらの正体はともかく、こっちで最後に確認したときは東に向かって進んでいた〉

ザバーラが目の前のパネルにあるタイマーを指した。「どうも長居しすぎたな」

オースチンはうなずいた。「〈ラリー〉、われわれはそちらへ向かう。回収の準備をたのむ」

一分の余裕を残して浮上した潜水艇は、さっそく海から引き揚げられた。〈ラリー〉の甲板に降り立ったその瞬間に、ショーがはじまった。

衝撃波の白い閃光が見えたと思うと亡霊のごとく消えた。つづいて海上に細い水柱が立った。それが風に吹かれた噴水のように落ちていき、水中に光の環が現われた。見る見るうちに明るくなった光は海面を突き抜け、火球となって広がった。

新たな熱波が一マイル離れた〈ラリー〉のデッキを走り、〈アルファスター〉は炎に呑みこまれた。

遠くで上がっていた火の勢いがしだいに衰え、ひとつ、またひとつと揺らめいては消えていき、立ち昇る蒸気だけが残った。二基の掘削リグは黒焦げになりながらも健在だった。

歓声に沸く〈ラリー〉の船上で、コックスがオースチンとザバーラを祝福しにきた。

「すばらしい仕事ぶりだ。誰か、あんたたちふたりの本を書くべきだね。まあ、おれからはせいぜい一杯奢(おご)らせてくれ」

「ぜひごちそうになりますよ」とオースチンは言った。「ぼくとしてはまず、あの連中の正体と、連中があなたがたの掘削事業を妨害しようとした理由を突きとめたい」

「それをどうやってやるつもりなんだ?」

オースチンは潜水艇の正面にまわり、ロボットアームの傍らで足を止めた。その鉤爪には、相手の潜水艇からむしり取った装置の残骸が挟まっていた。「これは相手側の珍しいデザインの潜水艇の一部です。海軍の払い下げ品じゃない。簡単に手にはいるようなものじゃないし、ぼくの知ってる製造業者が建造したものとは似ても似つかない。それどころか、いままでお目にかかったこともないような代物だった。つまり、これは誰かが特殊な思惑で造った。その誰かの正体を探るんです」

11

ミシシッピ・ガルフコースト沖二五マイル、ガル島

　ミシシッピの海岸線からわずか二五マイルの沖合に、堡礁島に護られて巨大な航空機が水に浮かんでいた。当座は休息状態ながら、飛行準備をととのえて機首を海に向け、翼を機械仕掛けのアホウドリよろしく広げている。

　その航空機は〈モナーク〉と呼ばれていた。おおよそ747に近いサイズだが全長はそれより短く、断面は広い。胴体はずんぐりしたボートに似た平底で、その上部から伸びる主翼は先に向かってわずかに下がり、先端で魚雷形のフロートに支えられている。

　六基のターボファン・エンジンが主翼の下ではなく上に載るのは、離着水時に機体が発生させる水しぶきを吸いこまないための設計だった。双尾翼が必要以上に高くそ

びえているが、余分に高いおかげで水上と空中の両方で操縦がしやすくなっていた。

エンジニアリングの粋を集めた、この種の飛行機としては唯一の存在である〈モナーク〉は、現代のハワード・ヒューズと称される富裕な天才デザイナー、テッサ・フランコの作品だった。このふたりに共通するのは、両者が創造力、無謀さ、そして紙一重の狂気をもち、毀誉褒貶が相半ばするところである。

暗色の髪に黒いシャドウを入れた目、研究所よりカンヌのレッドカーペットのほうが似つかわしいヨーロッパ風美女のテッサは、そんなふうに比較されることにたいし、自分は男でもなく狂ってもいない、まして人前を避けるわけでもないと指摘したうえで、それでも冒険好きで革新的な億万長者とくらべられるのは光栄だと答えている。

航空機のアッパーデッキの前部に設えた豪華なオフィスで、テッサは窓から射しこむ夕陽と、正面に置いたフラットスクリーンモニターを交互に見やっていた。

スクリーンから見つめかえしてくるのは、黒いひげをたくわえた、屈強な体格の男の角張った顔だった。男の名はアラト・ブーラン。胡散臭さはあるが、カザフスタンをはじめ中央アジアに幅広く利権を持つ石油業界の重要人物である。ブーランとテッサは長く複雑な関係をつづけてきた。ビジネスと快楽はあまりいい組み合わせではないにせよ、権力を求めて欲を張り、執着することはふたりにとっての催淫薬だった。

〈愛するテッサ〉とブーランは言った。〈いつもと変わらず魅力的だ。ご機嫌の様子とお見受けするが〉

「お金を払ってくれたらもっと機嫌がよくなる」とテッサは言った。「こちらは役目を果たしたわ。あなたとあなたの〈コンソーシアム〉に石油価格の上昇を請けあって、その約束を実現したんだから。今度は〈コンソーシアム〉が合意した資金を送る番よ」

〈石油価格は上昇してる〉とブーランは認めた。〈だが、非常に鈍いペースだ〉

「朝には状況が変わるから」

ブーランは首をかしげた。〈まさかメキシコ湾の惨状を、そっちの成功の証しにするつもりじゃないだろうな?〉

かならずしも成功と断言はできなくても、そう主張して当然だ。

テッサは説明する必要を感じた。「アメリカ政府は、わたしが世界各地で生産妨害をしているのに、石油価格を人為的に下げつづけてきた。今度の事件がテレビで流されて、雑誌の表紙を一気に飾れば、そうそう価格を抑えることはできなくなるわ。あなたにしてみれば儲けものだし、わたしはそれで約束のものを受け取るから」

積極果敢なところが彼女の持ち味で、そこにほだされる者もいれば、嫌気をさす者もいる。ブーランは管理統制を重んじる一方、挑戦を面白がる男でもあった。それがふたりの恋愛を激しく燃えあがらせてきた。

画面のブーランは、テッサの要求にたいして間をおいた。座ったまま身じろぎして、剛いひげをさすって撫でつけた。〈きみと私は長い付き合いだ、テッサ。きみのその巨大航空機の完成に手を貸したのも、きみが不可能と思える計画に取り組み、世界の石油市場を決定的に変えてしまうことができるとコンソーシアムを納得させたのも私だ。しかし金を払うには、まずはそんな主張を裏づけてもらわないとな〉

曖昧な言い方だ、とテッサは思った。また先延ばし。先延ばしして、わたしを破産に追い込むつもりなのか。

ブーランはつづけた。〈長期にわたって価格の上昇を維持することが条件だ。そうなればコンソーシアムは世界最強の石油カルテルになれる。同時に、きみの会社も世界最大の代替エネルギー会社になる。力を合わせよう、ときみは言った。きみが地球の半分を、われわれで半分を取る。そういう売り込みだったんじゃないのか?〉

「そうよ」とテッサは言った。「で、現実はそのとおりになる。でも運転資金がふえないと、私の仕事は終わらない」

ブーランは溜息をついた。〈テッサ、きみは私の知るなかで、誰よりも金遣いが荒い。これが最後ということなら、前渡しの額を追加しないでもない。ただし、最終的な支払いを減額することに同意してもらわないと……三分の一を〉

その恩着せがましい口ぶりに、テッサは憤っていた。だが、いま大事なのは数字なのだ。「数百万のために数十億を？ 考えられない」

ブーランは肩をすくめた。〈周りには、きみは納得しないと話したが、この提案をせざるを得ない。つまり、残念ながらこれ以上話し合う余地はない。少なくとも石油の価格が上がりつづけ、それが将来にわたってずっと維持されていくとはっきりするまでは〉

「わたしの力が弱くなれば、あなた自身の立場も弱くなるわ」

〈きみは弱くなんかない〉とブーランは笑顔まじりに言った。〈いまに世界を手玉に取るんだろう。明らかに状況が変わったら連絡をくれ。そうしたらコンソーシアムには私からきみの成果を吹聴してまわろう〉

画面が溶暗した。テッサは煙で損なわれた黄昏の水平線を窓外に望んだ。市況は好転していくという自信はあった。じきにブーランと〈コンソーシアム〉は金を送ってくる。彼らだけじゃない――別の投資家たちも企業も、力を持つ各国の政府でさえも。我先にと金を送りつけようとしてくる。難しいのはどこからいくら受け取るかの判断だった。

テッサはもう一台のフラットスクリーンに注意を向けた。そこには機外の様子が映し出されていた。水面の乱れに、島の名の由来となったカモメ（ガル）二羽が驚いて飛び立った。狂おしく翼を羽ばたかせ、空に舞った二羽に代わって、ディスク形の潜水艇が飛行機の背後に浮上した。

「遅いわ」

テッサはすかさず席を立ち、オフィスを後にした。勢いよく通路を歩いて、コクピット後方にある主寝室と制御室を通り過ぎた。梯子を降りた先のミドルデッキは娯楽用のスペースになっており、彼女が多くの時間をすごす立派なラウンジとワークアウトセンターがあった。

さらに梯子を降りると、そこは飾りのない金属製の床に灰色の壁をめぐらせたロワーデッキだった。このデッキを尾翼方向に歩く途中には、黒のメルセデスのＳＵＶとシルバーのフェラーリをふくむ複数の車輌（しゃりょう）が並び、その先には全地形対応車（ATV）数台、ジェットスキー一組、さらに大型船外機付きのパワーボート二隻が置かれていた。

ボートを過ぎると、尾部に設置された傾斜路（ランプ）も兼ねる大きな扉が下ろされていて、その半ばあたりでウェイダーを履いた男がふたり、膝まで水に浸（つ）かりながら、テッサがカメラで目にした潜水艇を索で結ぶ作業をしていた。

機上に引き揚げられた円盤が、光沢を放つその姿を現わした。展望塔や制御フィンと呼べるようなものはなく、さまざまな通気孔やパネルを開閉させることで艇体に当たる水の流れを調節し、縦横への動きや回転まで制御できる仕組みになっている。動力はスクリューではなくジェット水流で、艇体上部には目を思わせる二組のバブルキャノピーがあって乗員を保護していた。

が、すべてが無事というわけではなかった。テッサは艇体後部の物理的なダメージと艇首の疵を認めた。

潜水艇が安定すると片方のキャノピーが開き、漂白された金髪の男が上体を差し出した。筋肉質で健康そのものといった男は、年齢が三十代半ばに見える。その顔は怒りに引きつっていた。

「どうしたの?」

「問題が起きた」

「見ればわかるわ。孵卵器(ふらん)は取り除いた?」

「一台めのタンクは最初の爆発で破壊された」とフォルケは言った。「残りのタンクはそのままだったので、爆弾を使って破壊した。いまや海の底でスクラップになってる。タンクも孵卵器も噴射システムも——すべて消失した」

「それで、〈ディスカス〉に何があったの?」テッサは潜水艇の損傷を指さした。

フォルケは疵に目を走らせた。「抵抗に遭った。潜水艇だ」

「石油会社の?」

フォルケは首を振った。「いや。側面にNUMAのロゴが貼ってあった」

テッサは考えこんだ。この数年間は潜水艇の設計、海底での組み立てと回収方法について多くの時間を割いて研究してきた。NUMAのことはよく知っている。その存在に不安をおぼえた。「彼らは何をしていたの?」

「よくわからない」とフォルケは言った。「でも心配はいらない。むこうの艇体に磁石式の爆薬を落としてやったから。あの潜水艇を操縦してた連中は、いまごろ天国の門をくぐる列に並んでる」

そこまで言うとフォルケは飛び降り、〈ディスカス〉の引き揚げと格納作業の指揮にあたった。

その間に別の乗務員がランプを昇ってきた。がっちりした体格、赤いひげをむさ苦しく伸ばした男で、名前はウッドリッチ。ウッズと呼ばれている。フォルケとは外見が異なり、ぶざまに大きく、洗練されたところはまるでない。それでいてウッズは狂信的な環境保護主義者で、化石燃料の根絶に向けたその献身ぶりがこれまで大いにテッサの役に立ってきた。

「あの火はメキシコ湾全体に毒を撒き散らしてる」とウッズが言った。「おれたちはこんなことをしにきたわけじゃない」

「これは創造的破壊だと考えて」とテッサは返した。「新しい世界を築くのに、古い世界を燃やさなきゃならないこともあるじゃない」

フォルケに劣らず攻撃的な性格のウッズだが、長く静かに怒りをたぎらせたすえに爆発する傾向がある。いまは口をつぐんでいた。テッサにはそれで充分だった。

「ここの作業を終わらせるのよ」彼女はそう言って部下たちを仕事に駆り立てた。

「急いで。出発するから」

フォルケとウッズが潜水艇の固定に掛かると、テッサはコクピットに向かった。パイロットたちは待機していた。「時間よ」

一〇分後、〈モナーク〉はエンジン音を響かせ、ガル島を背に穏やかな水面を加速していった。スピードを得た飛行機はしだいに機体を持ちあげ、最後尾だけが海面に筋を引く格好になった。まもなく浮かびあがると、霧を後ろに噴き出しながら空を舞っていった。

12

ワシントンDC、キャピトルヒル

連邦議事堂にルイジアナの議員代表団を迎え、ルディ・ガンがメキシコ湾の最新状況について報告しているところにランス・オルコットが現われた。

ガンは無言でそれを認めて説明をつづけた。短い休憩がはいると、オルコットが身を寄せてルディに耳打ちした。「ホワイトハウスから来た」と得意げに言った。「残念だが、ルディ、NUMAはプロジェクトからはずれて、FEMAが後を引き継ぐことになった。この件では、われわれが沿岸警備隊に指示を出す」
ガンは、ワシントンにおける主導権争いには馴れっこになっている。これが大惨事となる可能性が高かったころには、どこが責任を負うかで方々から嘆息が聞こえてきた。火が消えて惨事を免れたとなったとたん、後始末の英雄になろうと一斉に手が挙がった。諺にあるとおり、〝失敗に親はなく、成功に千人の父あり〟。どうやらオルコットは父親になったらしい。「プロジェクトというのは、〈アルファスター〉の事故のことだな」

「全部のことだ」とオルコットは言った。「事故、後始末、捜査。正直言って、NUMAにはこの手のことに対処する能力がない。きみらの船は沈没船の調査なり、魚の回遊の研究なり、ふだんやってる仕事にもどってもらってかまわない」

ガンは席を立った。腹を立てても驚いてもいなかった。正直、よろこんでいた。

「われわれには片づけなきゃならない仕事がある」そう言って、オルコットの前に膨らんだファイルを押しやった。ファイルは書類の多さで閉じられないほどの厚さがあった。「議員たちと楽しくやってくれ。いまのところ、満足してる先生はひとりもいない」

オルコットを後に残し、ルディ・ガンはブリーフケースを提げてドアへと向かった。退出時に、ルイジアナ選出の初年上院議員とすれちがった。

「どこへ行く?」と議員が訊ねてきた。

「休暇です」とガンはにやりとして答えた。

数年来休暇を取っていないガンだったが、不意にそのアイディアが魅力的に思えてきた。が、それもホワイトハウスからの連絡がはいるまでのことだった。

「ルディ・ガンです」電話を耳にあてたまま廊下を歩いた。

「ルディ、こちらサンデッカーだ」と電話越しに声がした。

ジェイムズ・サンデッカーは、NUMAの創設者として機関を数十年率いたのち、副大統領の地位に就いた。長年、二人三脚でやってきたガンとは政治や政策を超えた友情を育んできた。近年のワシントンでは稀な話である。

「副大統領」ガンは心をこめて呼びかけた。「きょうはどんなご用事ですか?」

「まず初めに、私を副大統領と呼ぶのはやめてもらいたい」とサンデッカーは言った。

「提督でけっこうだ」

ガンは吹き出しそうになった。昔からの習慣というものはやみがたく、サンデッカーは副大統領よりもはるかに長く提督の地位にあった。「はい、提督」

「ここそ笑うのがおさまったら、ホワイトハウスまで足を運んでもらおう。例の〈アルファスター〉の災害について、大統領がきみと話をしたがってる」

ガンは廊下で立ちどまった。「そのポストからは、たったいま解放されたばかりなんですが」

「それは承知してる」とサンデッカーは言った。「そうしたのは私の考えだ。きみと

ＮＵＭＡを自由にして、別のことに当たってもらうつもりだ。もっと重要な問題だ」

サンデッカーの手の内を明かさない言い方が気になった。こういうときには思いのほか深刻な場合が多いのだ。「もうすぐ外に出ます。ペンシルヴェニア・アヴェニューを歩いて、何分かでお目にかかります」

「Ｕターンしたまえ。郵便室に降りるんだ。列車に乗ってもらう。きょうはきみが出入りするところを他人に見せたくない」

「私にホワイトハウスに忍びこめと？」

「ああ、そうだ」

電話をしまったガンは議事堂の中心部へと逆戻りして、サンデッカーの指示どおりに地下の郵便室まで降りた。そこでＩＤを提示するとシークレットサービスに付き添われ、さらに下層に降りて列車に乗った。

それを列車と呼ぶのはいかにも誇張がある。一台きりで、長さも普通の地下鉄車輛の三分の一ほど。レールは幅が三フィートしかない狭軌のものだ。ガンとシークレットサービスのエージェントが席に着くと列車は動きだし、きびきびと加速して照明の灯(とも)るトンネルに音もなく滑りこんだ。

移動は驚くほど滑らかで、しかも静かだった。磨かれたレールが光を受けて煌(きら)めいていた。

軌道が左へカーブして、ガンは側線と小さなプラットフォームに気づいた。プラットフォームからつづく複数の扉は密閉されていたが、ガンの頭にはワシントンのレイアウトが刻みこまれている。速度、方角、時間を考慮すると国立公文書館を通過したあたりだった。秘密の地下鉄駅となると興味深い場所だ。

一分後、減速した車輛は物々しい鋼製の扉の前で停止した。

車輛を降りたシークレットサービスのエージェントがコードを打ち込み、スキャナーに手をかざした。

そのデバイスはガンも見知っていた。エージェントの指紋を認証するだけでなく、心拍と皮膚温も計測する。仮にその人物が大統領に背くように強要されていたら、心臓の鼓動が速くなり、皮膚の温度も上昇するという理屈である。それらが検知されると通行が拒否される。

当人が意識を失っていたり、さらには手が身体から切り離されていたという場合でも同様の措置が取られる。心拍がない、体温が低いなどの異常があれば、スーパーマンをも跳ねかえす分厚い鋼鉄の扉はびくとも動かない。

「きみが緊張していたらどうなる?」とガンは訊いた。

エージェントは無表情でガンのことを見た。「他の部署に配置転換されます」

さいわい、このエージェントは緊張するタイプではなく、心拍数は問題なかった。

扉が開き、ふたりはホワイトハウスの地下ステーションにはいった。

そこからまた二カ所のセキュリティを通り、エレベーターに乗ったガンは緊急指令室で降りた。ここは通常の危機管理室(シチュエーションルーム)ではなく、本館の二層下にある掩蔽壕(えんぺいごう)を想起させる施設だった。

在室していたのは大統領と副大統領のサンデッカーで、その横には細面(ほそおもて)で髪が灰色の第三の男が腰をおろしていた。男のＩＤバッジにはエネルギー省のロゴが見えた。

紹介を受けた男の名はレナード・ホールズマン、国家資源およびエネルギー安全保障担当次官という煩瑣(はんさ)な肩書を持っていた。「これは押しを利かせて、相手を混乱させるときに使うもので」とホールズマンは弁明した。「じっさいは科学者です。石油の推定埋蔵量が専門の地質学者です」

ガンはホールズマンと握手をして席に着いた。「最近は石油があふれているようですが。それであなたの仕事は楽になりますか？　それとも難しい？」

「両方です」とホールズマンは言った。「しかし給料は上がらない」

静かな笑いがテーブルを一周すると、ガンは核心をついた。「これは〈アルファスター〉の事故と関連していると見受けます。いまから私は罰を受けるんですか、金星をいただけるんですか？」

大統領が身を乗り出した。「金星章では足りないくらいだ。この短期間に、きみの部下がやってのけたことはじつに見事だった。表彰したいんだが、ジムは彼らが固辞するだろうと言う」

「提督のおっしゃるとおりです」とガンは言った。「しかし、ドンフリオ・シルヴァーのテキーラを一ケース送っていただければ、彼らは感謝の気持ちを永遠に持ちつづけるでしょう」

「では手配しておこう」と大統領は言った。「たしかに、私がジムを副大統領に選んだのは、多分に政治的な理由からだった。それにジムがＮＵＭＡでやってきたことが、何から何まで一流だったことも知っていたからね。その思いは私の大統領としての任期中にいっそう強くなった。〈ナイトホーク〉の事故のときには、きみたちの行動によって世界規模の惨事が食いとめられたし、去年はきみたちの職員の咄嗟（とっさ）の判断と粘り強さのおかげで、第二の惨禍を免れたばかりか世界の安定に不可欠な同盟関係が守られた。どうやらそれらに関わった職員が、今回のメキシコ湾でも活躍したらしいな」

「おっしゃるとおり」ガンは言った。「カート・オースチンとジョー・ザバーラです」

「その彼らは口を閉じていられるだろうか？」

ガンは話の行き着く先を案じた。「その点については、すでに副大統領にお訊ねではないでしょうか。ふたりを雇用して、その地位を引きあげたのは副大統領です。そのご質問の答えは副大統領にお任せします」

大統領は椅子にもたれると副大統領に視線を投げた。「きみは人の選び方を知っているんだな、ジム」

「運がよかっただけで」と副大統領は答えた。「要点をおっしゃっては？」

「そうだな」大統領はテーブル越しにエネルギー省の地質学者を見据えた。「ホールズマン、きみの出番だ」

ホールズマンは手始めにファイルをガンのほうに滑らせた。それはガンがオルコットに委ねたものにくらべてはるかに薄いものだった。

ガンは帯の下に手を入れて封を切り、ファイルを開いた。一ページめの世界地図には、各大陸の石油埋蔵量を示す円グラフが付されてあった。確定埋蔵量、未確認の推定埋蔵量、そして理論可採埋蔵量にセクション分けされている。

二ページめは長年にわたる世界の石油総供給量を示し、それを消費量と残量に分類したチャートだった。石油は一八五〇年代からおよそ一兆バレルもの量が産出されているにもかかわらず、一〇年ごとに推定可採量も上昇して、数字は右肩上がりをつづけていた。

ガンはその数字に目を通した。「やはり石油はあふれているな」

「イエスでもあり、ノーでもあります」とホールズマンが言った。

「どこを指してノーなのか理解しかねます。産出可能な石油の量が、この一〇年だけでも三〇〇億バレルもふえている」

「その大半はフラッキング革命の結果です。しかし、どのみちこの数字は推定だ。いまとなっては、故意にでっちあげられた数字としか言いようがありません」

ガンは書類を置いた。「どういうことなんです？」

「約一八カ月まえのことですが、われわれは奇妙なパターンに気づきました」とホールズマンが言った。「これまで長らく産出をつづけてきた世界各地の油田が、突然涸れだしたのです。最初は関連性がないと思われた。石油はたっぷりあったので、大企業は涸れかけた井戸に蓋をして別のプロジェクトの栓を開いたわけです。供給も変わらず潤沢でした。価格は低く抑えられていた」

「最初は」ガンはホールズマンの言葉をくりかえした。「いまや、その最初の段階にはないということですか？」

ホールズマンは問いに答えることなく話をつづけた。「われわれは当初、この原因は拙（つたな）い掘削技術のせいか、無駄の多い非効率な回収システムのせいではないかと考えたのですが、その広がり方はあまりに顕著だった。そこで一年をかけてアフリカ、中東、マレーシアの涸れた油田を調べはじめたところ、ベネズエラやロシアからも同じような話が出てきて――」

そこに大統領が割ってはいった。「ロシアは生産を維持しようとムキになって、涸れた油井に代わる二本の井戸を掘ってはいるが、それでもなお追いつかない状況だとCIAが確認している」

「どの国も事情は同じです」とホールズマンは言った。「これまで長く生産をつづけてきて、この先何十年も安泰と思われていた油田が、この数カ月のあいだに先細りになったり、完全に涸れたりしています。新たに発見された油田にまで影響が出て」

「供給側の策略では？」とガンは訊いた。「市場を混乱させて値を吊（つ）りあげるための。むかし、そんなことがあった。子どものころ、二〇〇〇年には石油が枯渇すると聞かされたのを憶えてます。それは事実ではなかった」

「でたらめだった」とサンデッカーが言った。「で、数年まえには産出量がピークに達し、埋蔵量は下り坂になって元にもどらないと言われた。これも嘘だった」

ガンはホールズマンを見た。「でも、あなたは今回はちがうと考えている」

「理由はふたつあります」とホールズマンは言った。「まず、誰かが石油が枯渇しつつあると世界を納得させようとしているのだとすれば、彼らは宣伝が下手くそだということです。今回の変化に直面している国々は、そろってビジネスは変わらず順調で、石油はいまも豊富に出ていると躍起になって取り繕っているのですから。先ほどお見せした偽の数字は、この突然の変化に打撃を受けた国々が直接出してきたものです」

「石油はたっぷりあると喧伝しているそばから、これから枯渇しますとは言えまい」とサンデッカーが補足した。

「同感です」ガンはそう応じるとホールズマンに向きなおった。「あなたは、理由はふたつあるとおっしゃった。もうひとつは?」

「その影響が大きくなりつつあるからです。六カ月まえ、アラスカはノーススロープの大油田が急激な減産に見舞われました。日産五〇万バレルが六週間でその四分の一に減った。さらに通常の生産量の一〇分の一以下となり、いまも落ちつづけています。テキサス、オクラホマ、カリフォルニアに点在する油田でも同じことが起きました。

〈アルファスター〉などのプラットフォームで増産を試みていた沖合の油田もいちじるしく落ちこんで、フル生産をおこなっていたのが八週間後にはゼロになったんです」

ガンはうなずいた。つながりが見えてきた。

「一個一個では大したことにならない」とサンデッカーが言った。「だが、一歩下がって見ると異なる絵が見えてくる。世界中で油田の動きが停滞すれば、所有する法人や企業は青息吐息で、必死に損失を隠そうとする。そこに人的要因が絡んできた。これは戦争行為だ。世界を巻きこもうというものだ。しかし誰が何のために、というところがわからない」

ガンはまたチャートに目をやった。「本物の数字はありますか?」

ホールズマンが紙をもう一枚差し出してきた。それによると過去一八カ月で、可採埋蔵量は五〇パーセント近く減少していた。

「この部屋にいる私たちを除くと」大統領が言った。「この件の全貌を知る者はほぼいない。できればここだけの話にしておきたい。だからこそ公けの捜査にはしないし、NUMAには一挙一動に慎重を期してもらいたい。他の部局に口をはさませたくないのでね。それをやると情報が洩れ、真意が伝わらずパニックになる」

「承知しました」とガンは答えた。「それにしても、いま石油価格が急騰していないのはどうしてですか？」

ホールズマンが説明をはじめた。「世界のタンカーや貯蔵施設にあった過剰な石油がクッション代わりになりました。そちらの供給は大部分が使用され、不足分を埋めるのに、わが国は戦略備蓄分を放出しています。おそらく中国も同じように備蓄分を出しているでしょう。ですが、これは蓋を長めに閉じておく措置にすぎません。大衆がこの噂を聞きつけようものならパニックが起きます。業者は価格を青天井に吊りあげ、誰もがテーブルに残ったものをつかみ取ろうと殺到するでしょう」

「どこまで行きますか？」

「秋口には一バレル二〇〇ドル」とホールズマンは言った。「で、いまの傾向が反転しなければ、一年後に一バレル七、八〇〇ドルまで見えてくる。そうなったら何が起こるか、説明の必要もないでしょう」

「一バレル七〇〇ドルまでは行くまい」とサンデッカーが言った。「そのまえに世界経済が崩壊して、いくつも戦争が起き、世界的恐慌に見舞われる」

ルディ・ガンはうなずいた。「穴居人の時代から、物不足は戦争の前触れです。NUMAに何をお望みですか、大統領？」

「われわれはきみたちがメキシコ湾で発見した事象に基づき、これには人為的な原因があるとの第一の直接証拠をつかんだ」と大統領は言った。「NUMAには、この犯人の正体と目的および動機を突きとめてもらいたい。そして可能なら、それを阻止する方法もだ。あの場所に石油があることはわかっているが、自分たちを吹き飛ばさないかぎり手にはいらないのでは意味がない」

ガンは背筋を伸ばした。「それは難しい注文です。こうした捜査に馴れたCIAやFBIを使われたほうがいいのでは?」

大統領は首を振った。「あのふたつの組織はそれぞれ得意分野があるが、今回は彼らの手に余る要素がいくつもある。そもそも、いったい何カ所の沖合油田が危険にさらされているかわからない。最終的な集計が来たら、おそらくは広範囲におよぶことになるはずだ。そのあたりを突き詰めて対処していくのに、NUMAが持つ水中での専門知識が必要になることは間違いない。もっと重要なのは、きみたちNUMAの人間に実行力があることだ。あちらの局の連中は実行するまでの話が長い。いまはそんな悠長なことは言っていられない」

ガンはうなずいた。大統領の要求を果たすため、あらゆる手を打つつもりでいた。

「われわれを信頼してくださることに感謝します。この真相を探るために全力を尽くします」

大統領が立ちあがり、テーブルを囲んでいた者たちもそれにならった。「よかった。善は急げだ。さもないと、私のリムジンは年末には馬車に変えられてしまう」

13

メキシコ湾内
NUMA船〈ラリー〉

事故があった翌朝、〈ラリー〉のデッキには一一基の柩(ひつぎ)が並んでいた。柩に納められた遺体は男性一〇名と女性一名、全員が石油プラットフォームの作業員である。爆発で命を落とした者、焼死した者、明らかな外傷はないが有毒ガスにやられたり、避難する際に溺れた者もいる。

ほかに十数名の労働者が行方不明のままだった。

オースチンはその傍らに立ち、ふと天寿を全うできなかった各々の命に思いをはせた。彼らはあとに何を遺(のこ)したのか。もはや叶(かな)うこともないどんな夢を抱いていたのか。

近づいてきたブルックス船長が、しばしの黙礼を捧(ささ)げたのちに口を開いた。「悲しい日だ。きみはできるかぎりのことをした。他人には思いもつかないことまで」

オースチンはうなずいた。考えていたのは過去ではなく未来のことだった。彼は柩から水平線に目を転じた。

「あそこのどこかで、こいつをしでかした人間が見出しを読みながら祝杯をあげてるんだ。得意になって笑ってるかもしれない。そいつが誰だろうと、見つけたらただじゃ置かない」

「うちの乗組員が三人、煙を吸った肺障害で病室にいる。もうひとり、この遺体を海から引き揚げる作業で化学熱傷を負った。だから、これをやったやつを見つけたら……おれからもよろしく伝えてくれ」

オースチンは首を縦に振った。「よろこんで」

ブルックスは話題を変えた。「ポールとガメー・トラウトがこっちに合流する。ジョーがなかで待ってる。きみが潜水艇からむしった装置をばらしてるところだ。きみを見かけたら、そっちによこしてくれと頼まれた」

「ありがとう」

〈ラリー〉の船内にはいったオースチンは、作業中に発見した人工遺物など、サルベージした物品を保管する貨物倉でザバーラの姿を認めた。

ザバーラは電池のパックとおぼしきものを分解して、それを小型顕微鏡で吟味(ぎんみ)していた。

「進展は?」とオースチンは訊いた。

「それは進展の言葉の定義によるな」とザバーラは言った。「潜水艇の仕事に関わってる人間に片っ端から連絡したんだが、ディスク形の潜水艇なんて設計コンセプトからして聞いたことがないって」

「どこかの組織の内部で造られたんだろう。だとすると、容疑者リストを絞りこめるかもしれないな。その電池パックは?」

「ただの電池パックじゃない。燃料電池だ。でも、デザインも素材も初めてお目にかかるものさ。相当高度な代物だ」

「だろうな。おまえがわからないんだったら。誰か詳しい人間を知ってるか?」

ザバーラはうなずいた。「フロリダにいる友だちが力になってくれるかもしれない。名前はミスティ」

「その彼女が控えめで信頼できる人物なら、ぜひ会いたい」

「ミスティにはいろいろあってね」ザバーラは妙な面持ちで言った。「うまく説明できない。でもそっちの要求にはぴったりだし、電気の天才だから」

「完璧(かんぺき)だ。そいつをまとめろ。ポールとガメーが乗ってくるヘリコプターで出発するぞ」

14

メキシコ湾

ガメー・トラウトは、高度五千フィートでメキシコ湾を飛行するヒューズ500ヘリコプターのバブルキャノピーから外を眺めた。アクリル製の曲線的な風防が頭上に来る位置まで座席を前に出すと、空と水平線が一望できる。足もとの方向舵(ラダー)ペダルのむこうには燦(きら)めく海が見えた。

「身を乗り出してると、透明のジェット機を操縦するワンダーウーマンの気分だわ」

「お楽しみでなにより」と後部座席の声が応える。「こっちは身を乗り出そうものなら、きみの座席に顎をぶつけることになる」

「じゃあ、後ろにもたれたら」

「天井に頭がぶつかる」

ガメーが身体をねじって夫のポールを振りかえると、ポールは七フィートに数インチ足らずの背丈の持ち主には小さすぎる場所に身を押しこんでいた。

ガメーはNUMAの航空部門の一員であるパイロットに向きなおった。「あとどれくらいで着く?」

パイロットは自分の身体越しに、遠くに立ち昇る煙の柱を指さした。「大きく旋回しないとね。風上に出て煙に近づかないように。でも、あと五分で降りられるだろう」

その見積もりどおりに五分後、パイロットは卵形のヘリコプターをHの文字の上にきっちり着艦させた。

シートベルトをはずしたガメーは、ローターが停まるのを待って側面のドアを開いた。外に降りるとヘルメットを取り、赤ワインの色をした髪を振り出した。遠方の火の手は確認できなかったが、大量の煙が流れていることからして火勢が衰えていないのは明らかだった。

つづいてヘリコプターを降りたポールは背をそらして伸びをした。骨を鳴らしながら身をほぐしていった。「あーっ……これでましになった」

「ふたりのお出ましか」ヘリパッドのむこうのハッチのほうから声がした。

ガメーとポールが振り向いた先にオースチンが立っていた。銀色の髪はNUMAのキャップにたくしこまれている。

「〈アルファスター〉のプラットフォームはどこ?」とガメーが訊ねた。「空からは見えなかったの」

「ゆうべ遅くに沈んだよ」

オースチンはガメーを抱きしめ、ポールの手を握った。

ふたたびガメーの脇に寄ったオースチンは、荷物を預かろうと言った。その手の皮が剝けているのに気づき、ガメーは火事のせいだと察した。

彼女はバックパックを肩に掛けた。「大丈夫。軽いの。それで、わたしたちが呼ばれた目的は?」

オースチンはハッチのほうに手をやった。「きみたちの仕事は、海に噴き出してるガスのサンプルを採集して、その正体は何でどこから来たのかを解明することだ。現在わかっているのは、ガスには毒性があって爆発性があり、高温で燃焼して鋼鉄も溶かすこと。水に反応して、接触したとたんに引火するという芳しくない事実もある」

「そうらしいね」とポールが応じた。「珍しいケースだ。とくにガスの場合は。液体の流れのなかに、別の液体や固体が溶けこんでいるわけじゃないんだね?」

「確かなことはひとつもない。だからこそここに来てもらって、ジョーとぼくは有能なきみたちに後を託すことにする」

「こっちには残らない？」とポールが訊いた。

「ほかに気になることがあるんだ」

そこにザバーラが、自分の荷物とあわてて中身を詰めてダクトテープをぐるぐる巻きにした大型の段ボール箱を運んできた。

「おみやげさ」ザバーラはそう言い残してヘリコプターへ向かった。

オースチンはトラウト夫妻を船室に案内した。「もうひとつ、きみたちには火災による環境への影響調査をしているふりをしてもらわなくちゃならない。厳密には、それ以外の事柄はすべてＦＥＭＡと沿岸警備隊の管轄だ」

「だったらそこも任せればいいんじゃない？」

「はるか上層にいる誰かが、われわれにやらせたい、しかも秘密裡にと望んでいる」

ガメーは、ルディからの指示を伝えるオースチンのことを見つめた。「彼らだと長くは黙ってられないのかしら」

「その心配は他人にやらせて、とにかく全力であたってくれ」

「で、きみたちのほうは何をするんだい？」とポールが訊いた。

「ジョーの昔のガールフレンドに会いにいく」とオースチンは言った。

オースチンの思わせぶりな笑顔を見ても、自分とポールが貧乏くじを引かされたのではという感覚は消えなかった。しかしガメーは、オースチンが自ら安易な道を選ぶことはないと知っていた。「そっちの幸運を祈るわ」

「きみたちのほうも」とオースチンは言った。「連絡は欠かさずに。それと油断はしないこと」

15

NUMA船〈ラリー〉

火災現場の西の海上には、所属の異なる八隻の船舶が集結していた。沿岸警備隊から二隻、タグボート二隻、NUMAの〈ラリー〉、海軍が出した艀(はしけ)一隻、それにFEMAがチャーターした二隻である。

この混成の船隊をまとめるため、FEMAの上層部は各船に衛星電話を持つ代表者を送りこみ、船長ならびに乗組員との連携をはからせた。NUMAの船に派遣されてきたのはデリック・レイノルズだった。

四十歳に手が届こうかというレイノルズはルイジアナ周辺で育ち、この一〇年で二度の石油流出事故に携わった。石油会社や政府機関に過失を認めさせることが、いかに難しいかを身をもって知っている。公聴会や委員会がいくつも開かれ、罰金が科せられたところで、石油会社はそれを顧客に転嫁するだけで状況はなにも変わらなかった。

今回はちがう結果になることをレイノルズは期待していた。今回こそ動きが出て、法令が変更されたり、海底油田の完全禁止につながるのではないかと。そんなことを期待する反面、なにも起きやしないのではないかと諦め(あきら)めの思いもあった。

二〇一〇年に〈ディープウォーター・ホライズン〉の流出事故があってから、レイノルズは政府の対応に見切りをつけ、自ら行動を開始した。同じ思いを持つ人々と出会って、ゆるやかな地下ネットワークに迎え入れられた。レイノルズが現場に出たと知れると、ネットワークの人間が誰かしら連絡を取ってくる。レイノルズはそれに答える手はずとなっていた。

レイノルズは、北東方向をめざして飛んでいくヒューズ500を双眼鏡で見送った。その機体番号を認めると衛星電話をつないだ。呼び出したのはFEMAではなかった。

「こちらレイノルズ」と名乗った。「そちらが求める情報を入手した」

短い間を置き、遠い回線のむこうにいるグループから応答があった。〈どうぞ、つづけて〉と電気のフィルターを通した声が聞こえた。

「二名が新たに到着。どちらも名前はトラウト。用意されたプロフィールによると、生物学者と地質学者。どうやら生態系への影響を調査しにきたようだ」

その連絡はさほどの興味を惹かなかったらしい。〈ほかには？〉

「ＮＵＭＡの別の職員二名がヘリコプターで船を離れた。変わった形の機器を運んでいった。中身を確かめるほど近づけなかったが、噂では役に立たなかった噴出防止装置の一部と思われる」

〈それは気になる〉と声の主が言った。〈その行先は？〉

「ヘリコプターは燃料をたっぷり積んでいる。ニューオーリンズ周辺だと聞いた」

〈機体番号を教えてくれ〉

「Ｎ５４１ＮＭ。ＮＵＭＡのヘリコプターだ」

わずかな遅延があった。〈彼らは嘘の目的地を言った。そのヘリコプターはニューオーリンズではなく、ペンサコーラに向かっている。すでに真実をごまかしはじめているんだ。気をつけろ。何か異常と思われる事態があれば連絡するように〉

交信を切ってから、レイノルズは虚偽について考えを凝らした。ＮＵＭＡは隠蔽工作に加担しているのか。環境への配慮という点で相応の役割を果たす組織として、良い評判を聞いていただけに残念な話だった。それはどうやら見せかけにすぎず、所詮はいずこも同じ、官僚機構の一部ということなのだ。

16

フロリダ州ペンサコーラ

ペンサコーラ海軍航空基地に到着したオースチンとザバーラは、海軍のモータープールで借りた車を西へ走らせ、しばらく海岸沿いを行ったのち、湿地帯に分け入った。

「で、その謎（なぞ）のミスティ・ムーン・リトルフェザーは何者なんだ？」とオースチンは訊いた。「昔のフィアンセか？　生涯の恋人？」

「友だちさ」とザバーラは答えた。「親父さんが海軍の男とはデートさせなかったんだ」

「なるほど」オースチンはにやにやした。「唯一逃げられた相手か」

「信じてくれ。逃げられた経験は山ほどある。いいかげんこの話で盛りあがりすぎだぞ」

オースチンは声を出して笑った。「彼女と会うのが待ち遠しいよ」

ペンサコーラからは海辺を引きかえす行程を取って湿地を横断した。尾行がいないことを確認していたふたりだが、空中を追跡してくるドローンには気づいていなかった。

三〇分後、車は未舗装路を走り、やがて原初の汀(みぎわ)をそのままに保った私有地にはいった。道の突き当たりにはトレイラーが何台も駐(と)まり、そのうち一台は木製の小屋と通じていた。近くには草を食(は)む家畜の囲いがあって、そのむこうに電気製品のがらくたが一〇フィートの高さに積みあがっている。

風雨にさらされ、灰色になった厚板の桟橋(さんばし)が水辺に突き出していた。その桟橋で、野球のグラブさながらに陽灼けした老人が釣りをしている。ふたりの車が近づいても、老人は反応しなかった。

ザバーラが車を降りた。「おしゃべりはこっちに任せてもらうよ」

オースチンはトランクをあけた。「荷物はこちらで引き受けよう」

歩いていったザバーラは子ヤギの囲いを過ぎ、つぎに野良に見える犬の群れを囲った柵(さく)を過ぎて桟橋に行き着いた。老人は近づくザバーラにかまわず釣り糸を垂れていた。

「ここはセミノールの土地だ」と老人は言った。「あんたたち政府の人間が立ち入る権利はない」

「どうしてぼくらが政府の人間だって思うんです?」とザバーラは返した。

「あんたの車のナンバーは政府のものだ」老人はそう言って竿を振った。「あと、あんたのことは知ってる、ジョー・ザバーラ」

ザバーラは唖然とした。もう一〇年も会ってないミスティの父親がこっちを見たのは、車を降りてたった数秒間のことなのだ。「レッドフィッシュ、さすがに油断も隙もない」

老人はザバーラに向けた目を水辺にもどした。「ああ。それに、あのころあんたがミスティに付きまとってたことは忘れちゃいない」

片手を差し出したザバーラは、レッドフィッシュが握手する気がないとわかって引っこめた。「あのとき、ちゃんと説明したかったのに、あなたは野球のバットを持ってぼくを追いかけまわした。必死で逃げながら説得するのは難しくて」

レッドフィッシュは微笑した。「あの日のあんたなら、オリンピックの代表になれた」

ザバーラは笑った。「かもしれないな」

「わかった、ジョー。あんたを赦そう。ミスティはなかにいる、会いたいんだったら」

「彼女に見せたいものがあって」なんだか昔の言い訳をつづけているような気がして、ザバーラは言葉を切り、「電気のことで」と言いなおした。「電気のことで彼女に調べてもらいたいことがあるんですよ」

レッドフィッシュは頭を振って笑い声をあげると、軽く手首を振って釣り糸を繰り出した。リールが回る音が穏やかに響いた。「まだバットはあるぞ」とレッドフィッシュは歩いていくザバーラに声をかけた。「あんたも、もうずいぶん逃げ足が遅くなってるはずだ」

ザバーラは木のスロープを、小屋と接しているトレイラーのほうへ行った。そしてノックしたドアを、紐で下げられている古風な鈴を鳴らして開いた。

車輪が床を転がる音がして、オーバーオール姿の女性が職工用の椅子に座ったまま、後ろ向きで部屋にはいってきた。

ザバーラは笑みを浮かべた。「やあ、ミスティ」

ミスティは卵形の顔に三つ編みの長い黒髪、右の眉のあたりにピアスを何個も刺しているせいでずっと顔をしかめているように見えた。

ザバーラの様子をうかがっていたミスティは、やがて頭を振った。「どういう風の吹き回しなの」と朗らかな声で言った。

笑いながら椅子を転がし、持っていた工具を作業台まで置きにいくと、もどってきてザバーラをふさわしく出迎えた。両腕をまわしてザバーラをぐっと抱き寄せ、唇にキスをした。

レッドフィッシュの警告がまだ頭に残っていただけに、ザバーラは自分からなにもできずにいた。

ミスティは後ろに下がり、ザバーラのことを不審そうに見つめた。「あなたには貸しがある」と、不意に思いだしたように言った。「八ドル。最後に会ったとき、ランチ代を貸したわ」

そこにオースチンが現われた。「正確な記憶の持ち主から金は借りないことだ」とザバーラに言うなりミスティに向きなおった。「カート・オースチンです」と名乗って手を差し出した。「彼には罰金と日ごとの利子を複利で支払わせることをお勧めします」

ザバーラは弁解しようとばかりに手を挙げたが、それは控えることにした。「こいつはいったい何なんだ?」と周囲を見まわして訊ねた。

「わたしの修理工場、サルベージ施設、金の採掘作業場」とミスティは言った。

「金の採掘？」

「外のコンピュータと電話を見たでしょう？」

ふたりはうなずいた。

「あれが金の在りか。ほかにもプラチナとか貴重品を抜き出せる。このごろは何でもかんでも捨てるじゃない。コンピュータもテレビも電話も。古いやつを修理すると、新品を買うより部品代が高くつくからって。わたしは交換するんじゃなくて、再生、修繕、再利用の手伝いをしてるわけ。でもだいたいみんな、がらくたの処分に困ってるから、それを引き取って貴金属を抜き取ったら、残りをリサイクルに回してる」

ミスティは残る作業について熱意をほとばしらせて語り、口を息めるのは特大のソフトドリンクを啜るときか編んだ髪をもてあそぶとき、またはザバーラの肩に腕をまわすときだけだった。話の途中でザバーラをきつく抱きしめ、要領を得ない顔をしていると腕にパンチを見舞った。

ミスティが席をはずした隙に、オースチンは耳打ちした。「ようやく事情が呑みこめてきたぞ。きっと、彼女の親父さんは間違った相手にバットを使ったんだろう」

「おれはそれを言いたかったのに」とザバーラは言った。「よけい面倒なことになったのさ」

オースチンが笑っていると、ミスティが新しいソフトドリンクを手にもどってきた。

「それで、何を持ち込んできたの?」

オースチンは作業台に荷物を置くと、箱から配管類と電池パックを取り出した。

ミスティはそれをひとしきり眺めてから、外科医がするような拡大鏡を掛けた。

「変わった贈り物ね、ジョー。男はふつうバラを持ってくるんだけど」

「きみの場合、花より電化製品だろう」

「べつにいいけど。これは珍しいわ。よく調べてみないと。いい?」

ザバーラがうなずいてみせると、ミスティは配管と電池パックを別の作業台に移した。そして高価な実験装置のカバーをはずした。「走査型顕微鏡、ものすごく高いの。大学に格安で払い下げてもらった……じつは格安ってわけでもなかったけど。払ったのは、これが持ってる価値のほんの一部だけ。大学は新しいのを買うからって」

彼女はやけに複雑な仕組みの電池パックを走査ビームの下に置き、倍率を変えていった。一〇〇倍で見る電池パックはシリカの粉塵(ふんじん)のようだった。一〇〇〇倍でその構造が見えはじめた。二五〇〇倍になると、蜂(はち)の巣状の構成のなかの個別の電池と、それぞれ管の中央に薄い仕切りがあるのが見て取れた。

「コンボユニットね」とミスティが言った。「一部がバッテリーで一部が燃料電池の」

「燃料電池？」

「水素を取り入れて酸素とミックスして、電気と真水を造り出す。他の化学物質でも使えると思うけど」

「燃料電池のことはわかる」とザバーラが言った。「でも、電荷が蓄積されたバッテリーもあるのか」

「たしかに普通じゃない」

ミスティは追加のテストをおこない、このユニットの発電力と電荷の蓄積容量を調べた。「こんなに詰めこんだ設計からして、燃料源にもよるけど、この小型ユニットは通常の電池にくらべてはるかに高い出力を持ってると思う。というか、バッテリー部分だけで、たぶん車を数百マイル走らせるパワーがあるわ」

「車のバッテリーは数百ポンドの重さがあるけどな」とザバーラは指摘した。

「これはちがう。でも、これを組み立てるにはロールスロイス一台分のお金がかかるかも。こんなの見たことがないわ、ＮＡＳＡの探査機にも」

オースチンは重要な質問を投げた。「こんなものを造りそうな人間に心当たりは？」

「まず思いつくのは政府、ＮＡＳＡ、国防総省だけど、それならあなたたちも知ってるでしょう?」ミスティはザバーラを見た。「これって海外から盗んできた?」

「海の底からね」とザバーラは訂正した。「ぼくらを攻撃してきた潜水艇から引きちぎってきた」

「やっぱりジョーだわ。いつでも揉め事に巻きこまれて。相変わらずみたいね」

それは否定できなかった。「おれたちはこの電池パックを造ったやつを見つけたいと思ってる、できれば攻撃してきた潜水艇を造ったやつもね。で、きみが正しい方向に導いてくれるって期待してるんだ」

「報酬はディナーと映画。それに花束——わたしはいまでも女の子だから」

「たぶん彼はリムジンで迎えにくると思う」オースチンはザバーラに代わってその要求を呑んだ。

ミスティはにんまりすると、ふたたびその設計に見入り、燃料電池本体の個々の部品、コネクター、さらには配線のタイプまで調べていった。「このコネクターは純金製で、ハイエンドの電気自動車に使われてる。この配線は高性能の航空機によく使われる。燃料電池自体はおそらく試作品ね。誰が造ったかはわからないけど、つぎにどこを探ったらいいかは教えてあげられるかも」

「聞き耳を立てるよ」とザバーラ。

「レッドフィッシュは、あなたは聞くより先に手が出る人間だと思ってる」

「それはきみのせいだ。こっちが襲われるまえに本当のことを話してくれればよかったのに」

「そんなことしたら、追いかけまわされるあなたを見る楽しみがなくなるじゃない」

オースチンは大げさに咳払いをしてみせた。「この愛の交歓をぶち壊したくはないが、ぼくらが答えを探せる場所をひとつ提案してもらいたいな」

ミスティは頬笑(ほほえ)んだ。「ごめんなさい。バミューダで大きな会議が開かれるわ。はじまるのは明日。再生可能(リニューアブルズ)、再設計(リデザイン)、利益(リウォード)から名づけてＲ３会議。最先端のデザイナーがアイディア、試作品、完成した製品を持ち寄ってベンチャーキャピタルに売り込もうという技術会議よ。オタクの天才が何百って集まってくる。そのほとんどは、余った金の使い道を探してる億万長者のおこぼれにあずかろうという連中だけど。そこに行けば、このデザインを知ってる人間がきっと現われるから」

「Ｒ３か」とザバーラがつぶやいた。

「いいきっかけになりそうだ」とオースチンは口にした。

誰かがつぎの言葉を発する間もなく、外で犬が吠(ほ)えだした。すべてが一瞬の出来事だった。数発の銃声がして、犬の咆哮(ほうこう)は危険から逃げようとする甲高(かんだか)い声に変わった。

ミスティが立ちあがって玄関のほうへ駆けた。それを追ったザバーラが彼女を床に引き倒したそのとき、ショットガンの散弾が薄い扉を撃ち抜いていた。

17

ザバーラとミスティが床に倒れるのと同時に、バックショットの衝撃で開いた玄関のドアが壁に当たって撥ねかえった。鳴きやまない犬の声とともに、木製のスロープを上ってくる重いブーツの足音が聞こえた。

「行かせて」ミスティが叫んだ。「パパのとこへ行かないと」

「レッドフィッシュは自分で身を護れる」ザバーラはミスティを助け起こした。「ここを出るんだ」

厭がるミスティをそのまま作業室のほうに引っぱっていこうとしていると、ドアが蹴りあけられた。戸口に現われたのは、ポンプアクションのショットガンを手にした大柄の男だった。男はザバーラとミスティを認めてショットガンを構えようとしたが、そこでオースチンが渾身の力で押し出し、コンクリートの床を疾走してきた作業用椅子に脛を直撃された。

男は足を払われた姿勢で前方に投げ出され、床に向いたショットガンが至近距離で暴発した。その銃身が吹き飛び、破片があたりかまわず飛び散った。

出血した侵入者は呆然(ぼうぜん)と右腕を押さえながら、後ろ向きに這って外に退散した。

ザバーラはミスティをオースチンのほうにやさしく押しやり、壊れたショットガンを回収しに走った。

ショットガンをつかむとオースチンとミスティのもとにもどった。「こいつは使い物にならないな」と銃身を眺めて言った。「威嚇(いかく)射撃か、最後っ屁になるかどうか」

オースチンはミスティに向きなおった。「ここに何か武器はないか?」

「母屋(おもや)にある。パパが三〇 - 〇六を、わたしはリヴォルヴァーを二挺持ってる」

「そこまで行ける?」とザバーラが訊いた。

「一〇〇ヤードぐらい。藪(やぶ)を抜けて。でもわたし、パパのことが心配なの。あそこに残してはおけない」

「もしお父さんが捕まっていたら、むこうは利用してるはずだ」とオースチンは言った。「外に出ろとか言ってくる。おそらく母屋に走ったんだろう。さもなければ隠れているか」

「あるいはバットを探してるか」ザバーラはあえて付け足した。

ミスティは不安そうに笑った。

「行こう」とオースチンは言った。

三人は明かりを消し、裏口にまわって足を止めた。スクリーンドア越しにトレイラーの後部を覗くと、そこに問題が発生していた。

「包囲されてる」とザバーラが言った。

表に男が三人いた。ひとりは木陰に、ふたりめはトタンの小屋の裏に身をひそめ、三人めは藪のなかでしゃがんでじりじり前に出ようとしている。待ち伏せする男たちの上をドローンが飛んでいた。

「ATVがある」ミスティが上を指さした。「あれでやつらをかわせるわ」

ザバーラは顔を上げた。頭上の金属製のスロープに小型四輪車が載っていた。ザバーラは心得顔でオースチンを見た。「走るよりましだ」

家を襲った男たちのグループは、空を飛ぶドローンから情報を得ていた。グループのリーダー格で、交信の大半をおこなっていたブリックスという男がイアピースを手で押さえ、新たな情報に聞き入っていた。

ブリックスはドローンのオペレーターから、桟橋で釣りをする老人がひとりいて、あとの連中はメインのトレイラーで監視されていることには気づいてもいないと知らされていた。

だが現地に到着してみると老人の姿はなかった。桟橋に釣り竿がぽつんと置かれているだけで、餌をつつかれて釣り糸がかすかに揺れていた。

老人を探していると、どこからともなく犬の群れが集まってきて、オオカミのように周囲を取り囲んだ。銃を数発撃って犬を蹴散らしたが、おかげで奇襲の意味がなくなった。

そこでいちばんの大男を家に送りこんだが、男は血を流し、武器をなくして退散してきた。「気をつけろ」とブリックスは仲間に呼びかけた。「情報が間違ってる。この標的は聞いた話よりずっと危険だ」

男たちが身を隠すと、ブリックスはドローンのオペレーターと無線で話した。「むこうは武装してるぞ。すでにこっちはひとりやられた」

〈期待はずれだな〉と無線の声が言った。〈おまえの一味は六人、相手は四人で、そのうちひとりは年寄りだ。さっさと始末してそこを出ろ〉

ブリックスは九ミリ拳銃を握り、壊れかけた玄関扉を見つめた。裏手に配したのが三人。傷を負った先鋒ともうひとりの射手、そしてブリックス自身が正面にいる。

「ドローンから何か見えるか？　年寄りはどこだ？」

〈年寄りのことはかまうな。踏みこんで、払った金に見合うことをやれ〉

ブリックスにはわかっていた――この仕事をしくじれば、つぎの殺し屋に命を狙われる。彼は扉に向けて発砲しながら前に出た。薄っぺらな扉を蹴って脇に退き、開いた隙間から飛び込んで床に伏せると闇雲に銃弾を放った。

人に命中しなかったのは勇気が足りなかったからではない。家はもぬけの殻だった。家の納屋から2サイクルエンジンの唸りが聞こえてきた。

起きあがったブリックスは音のするほうへ走った。裏口まで行くと、ATVが建物から走りだし、草むらを疾走していくのが見えた。まさに身をひそめた部下の間隙を縫うかたちだった。

部下たちの反応は鈍く、発砲するころには四輪車はスピードを上げていた。男たちはその後を追っていった。

ブリックスは足を止めた。ATVの様子がおかしかった。何かを包んだ毛布を引きずっている。しかし……

背後で物音がした。背中に何かを突きつけられ、ブリックスは身を硬くした。「このショットガンはまともに撃てないかもしれない」と男の声がした。「でも引き金をひけば、あんたのはらわたは吹っ飛ぶぞ」

ブリックスは思わず両手を差しあげた。〈標的1〉と目した黒髪の男が拳銃を取りあげ、そこに住む女に手渡した。丸腰になったブリックスは言われるまま床に腹這いになった。

たちまち縛られ、猿ぐつわを咬(か)まされた。いっしょに押し入ったふたりも同じ憂き目に遭った。残る三人はそのままATVを追いかけていった。事ここに至って、ブリックスはこの仕事を受けるべきではなかったのだと後悔した。

18

襲撃者三人を制圧し、武器が味方の手に渡ると、オースチンは自分たちの立場が大きく変わったことを意識した。「これで形勢を五分にもどした。だが晴れて自由の身になったわけじゃない」

それを裏づけるように、もどってきたドローンが機銃掃射を仕掛け、銃弾の雨を降らせた。

オースチンは一味のリーダーを見た。「おまえは武装した高性能ドローンの持ち主ってタイプじゃない。誰の下で働いてる？　誰に雇われた？」

首を振った男は耳に小型のイアフォンを挿していた。オースチンはそれを引き抜いた。「こんなことをするのはじつに不衛生だが……」

そのイアフォンを耳に入れると、作戦を指示する人間の早口が聞こえてきた。

〈馬鹿め、やつらはまだ元の場所にいる〉と歪(ゆが)んだ声がした。〈四輪車は目くらまし

だ〉

　別の声がはいった。〈老人はどこに？　母屋にはいなかった〉

「きみのお父さんはまだ見つかってない」とオースチンはミスティにささやいた。

〈そっちは相手にするなとブリックスに伝えた。母屋にもどって燃やせ〉

「おれたちを焼き打ちにする気だ」とオースチンは言った。「隠れないと。森か、水のなかか？」

「水だったら燃やせない」とザバーラが返した。

「入り江の葦原(あしはら)なら隠れられる」とミスティが言った。「パパは桟橋じゃなければそっちで釣りをするわ」

　オースチンはドアの外をうかがい、ドローンが飛び去るのを待って駆けだした。

　三人は家畜の囲いからコンピュータの山を過ぎようとして見つかった。

〈標的は北西方向に逃げてる。建物から離れた〉

　オースチンはその言葉をつぶさに聞いていた。男か女かの区別はつかなかったが、短く歯切れのいい言葉遣いだった。後々のために、その口調を記憶にとどめた。

〈こっちで押さえる〉と生々しい声がした。

　走ってくるATVの音が大きくなった。

「むこうはATVを持ってる」とオースチンは言った。「こっちはどこまで行けばいい？」

「丘の先まで」とミスティ。

すでにドローンは旋回して、つぎの攻撃態勢に移ろうとしていた。狙いを定めて加速するドローンのプロペラ音が、しだいにけたたましくなってきた。

オースチン、ザバーラ、ミスティは丘を下り、葦の茂る浅瀬をめざした。走る三人にたいし、接近してきたドローンが射撃を開始した。

オースチンは泥をはねあげながら横っ飛びした。反対の方向へ逃げたザバーラとミスティの間を銃弾がかすめていった。

速度を保ちながら一〇フィートの高度を水平飛行したドローンは、やがて水上に出た。そこから上昇して旋回にはいろうとしたとき、湿地から人影が現われてライフルを数発撃った。

ドローンは一発めで片側に傾き、二発めで翼の一部を失い、三発めで火に包まれた。そして制御不能となって錐もみ状態で落下し、穏やかな水面に突っ込んで派手なしぶきを上げた。

「パパよ」とミスティが叫んだ。

葦原に、三〇 - 〇六ライフルを抱えたずぶ濡れのレッドフィッシュが立っていた。彼は駆け寄ったミスティを片手で抱いた。

「バットを持って追いかけまわされたことを喜べよ」とオースチンは言った。

「ほんとに」とザバーラ。「よかったよ」

つぎの脅威はATVと徒歩の男たちだった。

「こっちだ」とレッドフィッシュが言った。「むこうからは見えない」

オースチンとザバーラはミスティ、父親とともに浅い水にはいった。腰を落として待っていると、丘を越えてくるATVが見えた。

最初は水辺にたいして斜めに降りてきたが、オースチンたちのほうにまっすぐ向かってきたわけではない。運転手は速度を落として周囲に目をくばった。

車の背後に丘を登ってきた男たちが見えた。リーダーを救出して全員そろっていた。ひとりが望遠鏡を覗いた。

オースチンたちは水に浸かったまま葦原にひそんでいた。敵の動きは探りづらいにせよ、透明人間というわけではない。

「見つかったら撃て」

オースチンは拳銃を両手でしっかり握り、ハンマーを起こして引き金に指を掛けた。

望遠鏡の男がこちらを向いたとたん、オースチンは引き金を絞った。見張り役がばったり倒れると同時に、レッドフィッシュが発砲してＡＴＶの運転手を車から弾き飛ばした。

泡を食った男たちは応戦するどころか、負傷した仲間をつかんで乗りつけた車へと逃げていった。

二台の車が走り去り、オースチンとザバーラは水から出た。

「もどってくると思う？」とミスティが訊いた。

「それはなさそうだ」とオースチンは答えた。「あいつらはきみたちに恨みがあるわけじゃない。ぼくらを止めるために雇われたんだ。でも保安官を呼んで、ほとぼりが冷めるまでここを離れたほうがいいかもしれない」

「保安官はパパの釣り仲間なの。二、三日なら喜んで泊めてくれると思う」

ミスティとレッドフィッシュの安全を確かめると、オースチンとザバーラはふたりに別れを告げた。ミスティはもう一度、骨も折れそうなハグをしてからザバーラを車に導いた。

「その気になったらもどってこい」とレッドフィッシュが言った。「だが、おかしな仕事はごめんだ」

ザバーラは約束を交わして車に乗りこむと、「家までやってくれ、ジェイムズ」と軽口をたたいた。

「家がバミューダのハミルトンならね」

19

メキシコ湾内
NUMA船〈ラリー〉

ポール・トラウトは、〈ラリー〉がROV数隻を搭載していたことに感謝した。これまでNUMAの潜水艇で数多くの海中活動をおこなってきたが、頭上や脚に充分な余裕があったためしがない。空調の効いたOSLO内に座っているほうがはるかに居心地がよかった。

ガメーが隣りに腰をおろした。「手始めに事故現場の周辺で沈殿物のサンプルを採って。それから、中心に近づきながら何カ所かで採取していく」

ポールは要求どおりにROVを海底に這わせ、延ばしたチューブで沈泥を少量吸いあげた。

「サンプルその一を確保」

ポールとガメーの後ろで、FEMAのオブザーバーがあくびをした。「この作業の主旨は?」

ぼくらの本当の目的をはぐらかすためさ、とポールは心のなかで言った。

ガメーが模範解答を口にした。「沈殿物のサンプルを採取することによって、水界生態系へのダメージを水のサンプルより正確に調べることができるんです」彼女は科学者然として、とっておきの明るい声で語った。「たとえば、海中に豊富に生息しているある種の微生物は、沈殿して遺伝子構造に重大な影響をあたえる可能性があります。DNAの結合エラーとか、変異というのはご存じでしょう。それに当然、群集する水中微生物の汚染は、魚から人間もふくむより大きな捕食者にまで影響が出ます。問題を調査する最善の方法は、食物連鎖の底辺からはじめることなんです」

レイノルズはトラウト夫妻に空(うつ)ろな目を向けた。「しかし、この海底に生き物はいない。あるのは溜まった泥だけだ」

「だからこそ調べてみないと」とガメーはなおも言った。

「何種類のサンプルが必要なんだい?」とポールが訊ねた。

「少なくとも一〇〇種類、災害地域をあちこちめぐって」

「時間がかかるな」とレイノルズが言った。

「最低五、六時間は」ガメーは誇張して付けくわえた。

これが駄目押しになって、レイノルズは立ちあがった。「じゃあ、とにかく報告をしておく。二、三時間後にまたチェックにもどってくる。半分終わったころに……成功を祈る」

レイノルズは持ち物を手にして出ていった。

ドアが閉じると、ポールはガメー見つめた。「もどってくるかな?」

「人から指図されないかぎり、もどってこない。六時間も見張ってたら退屈で死ぬって顔をしてたもの」

「ぼくだってそうさ。無意味な泥のサンプルを本気で一〇〇本も採ることになったら。彼がもどってこないうちに、楽しい作業を終わらせてしまおう」

ガメーは3Dシステムのスイッチを入れ、ソナー測定値をもとに指示を出した。

「真東に向かって。半マイル先にいちばん小さな火が見えてくるはず」

ポールはROVを方位〇・九・〇に向けた。それで数分間距離を稼ぐと、ROVのカメラが最寄りの火明かりを捉えた。

「けさの段階より小さく、弱くなってる」とポールは言った。「原因のガスが減少してるんだろう」

「それも良し悪しね。蠟燭（ろうそく）が消えるまえにサンプルを採りましょう」

ポールはROVを操作していった。

「折れたパイプにプローブを入れたら、発火するまえにガスをつかまえて」

「そのつもりだ」ポールはパイプ本体にROVを寄せていった。カメラが映す炎はわずか一六インチほどだった。

「注意してね」とガメーは言った。「あの火は一〇〇〇度以上あるから」

うなずいたポールは、ROVを静止させてプローブを延ばしていった。このプローブの内側には強化ガラスが張られ、外部はチタンで出来ている。吸入したガスを溜めるチャンバーは真空状態で、空気や水などガスが反応する物質ははいっていない。

ポールはプローブをセットした。これで封を解けば、揮発性、疎水性のガスがチャンバーに吸いこまれ、不活性の状態に保たれるという仕組みである。

「うまくいくことを祈ろう」すこしずつ伸びていったプローブが、折れたパイプの両側に当たった。

「気をつけて」とガメー。

「気をつけてるよ」

ようやくプローブがパイプラインに達した。

「やってみるか」ポールはボタンを押し、真空状態の封を破った。するとプローブを通じて一リットルのガスが流れこみ、容器内の圧力があるレベルまで達すると、今度は自動的に封じられるシステムが働いた。

「やった。しかも吹っ飛ばされてない」

「いいわ、そこから出て」

ポールの操作でプローブを格納したROVは火から離れた。一八〇度転回して、ちょうど動きだしたとき、OSLOのドアが開いてレイノルズが顔を覗かせた。ガメーがすばやく反応して、ホログラフィック・ディスプレイのスイッチを切った。ポールは座ったまま背を伸ばした。ROVの船尾カメラには炎がはっきり映っていた。スイッチを消すのはあまりに露骨だった。そうしてまっすぐ腰かけていれば、レイノルズの目には届かないのではないかと思ったのだ。

「言い忘れたんだが」レイノルズはスクリーンには見向きもせずに切り出した。「沈殿物の検査が終わったら、その報告書のコピーをこっちに回してくれないか？　他のものといっしょにワシントンへ送りたいんでね」

レイノルズが話しているあいだに、ポールはROVを沈泥層まで降下させ、カメラの視界から火が消えるように方向を変えた。

「もちろんです」とガメーが言った。「すこし時間がかかりますが、できるだけ早くそちらに送ります」

「ありがとう。サンプルはいくつ集まった？」

ポールは口を閉じておくことにした。吐いた嘘がガメーの答えと食いちがうかもしれない。メモを書きなぐった紙に目を落とし、記録を探すふりをした。「それはええと……」

「一六本まで来ました」とガメーが答えた。

ごまかしをつづけるため、ポールは新たに沈殿物の標本を吸いこんだ。これは別の容器に保存される。「これで一六から一七になった」

レイノルズは溜息を洩らした。「きみたちの努力には頭が下がるよ。ではまた」と言い残して身体を引いた。ふたたびドアがしまった。

「きわどかった」とポールは言った。「これで難所は越えたな」

「あなたの代わりに、一〇〇本の沈殿物サンプルの詳細を載せた偽の報告書をつくらないとね。なにも出てこないでしょうけど、透光層の下ってそういうものだから」

ポールは笑うしかなかった。手伝ってほしいというガメーの思いは伝わってきたが、いまはさいわいガスの分析で手一杯なのだ。

機器に目をやり、サンプルをチェックした。ガスは安定して四・五度を保っている。沈泥のサンプルのほうは……

「泥のタンクで圧力が若干上昇してるぞ」

ガメーが顔を寄せてきた。「いまあなたが採集した泥のサンプルだけよ。いっしょにガスも吸ったんじゃない？」

「いや。相互汚染はあり得ない」

「密閉したチャンバーで、すこしずつだけど圧力が上がってる」ガメーは話しながら機器を微調整していった。「わたしの知識が乏しかったら、あの不毛な土壌にバクテリアがいるって言うところだわ」

システムをチェックするかぎり、機器は完璧に作動していた。「誤計測じゃない」とガメーは言った。

ポールは口もとをゆるめた。「やっぱり、報告書には何かを書き入れることになりそうだね」

20

英国の海外領土
バミューダ島、ハミルトン

バミューダ島は北東にある空港から斜めに、釣り針の形に似たカーブを描いて南西に延びている。そのカーブの内側は世界有数のみごとな天然港で、何世紀にもわたって英国海軍の母港となり、いまではクルーズ船やヨットの寄港地として親しまれている。

温暖な気候と英国の伝統、なおかつ秀逸な銀行業務を武器に、バミューダは世界でも指折りの豊かな国となった。銀行や金融機関には現金、債券、宝石や貴金属が集まってきた。丘に点々とする数百万ドルもの別荘は大方が投資対象として購入されたもので、月単位、年単位で留守のほうが多かった。

それがR3会議の開催によって変わった。この週はどこの別荘にも人がいて、五つ星ホテルは満室。港にあふれるヨットは以前にも増して大型になっていたが、〈モナーク〉とは比較にならなかった。

特大の水陸両用機はバミューダでは注目の的で、その帰還が新聞の一面を飾り、クリケット選手権の話題を隅に追いやった。

グレートサウンドへの堂々たる着水は、国王か女王の到着さながらの歓迎を受けた。じつはこの島を基地にしている〈モナーク〉だが、その事実は見物人にしてみればさして意味のないことだった。なぜなら、ほとんど不在であるというのがひとつ、また初めて目にするという観光客が何千といたからである。人々が桟橋に列をなすなか、大型機はグレートサウンド湾内の避泊地にあるベイカーズ・ロックという小島に向け、水上を滑走していった。

テッサ・フランコはベイカーズ・ロックを所有し、その高台に邸宅をかまえていた。自然の曲線をもつ湾に飛行機を保護するための石壁を築き、そこを巨大機の停泊所としていた。

日中、通りかかったプレジャーボートで写真を撮っていく見物客がいた。クルーズ客船が、普通は他船に向けて鳴らす汽笛で敬意を表していくこともあった。だが島には興味本位で接近してきたり、上陸を試みようとする者を排除するための警備要員が常駐している。

　テッサは脚光を浴びることを楽しんでいた。宣伝になる。宣伝は金を意味する。そして金は、ここに来て展開する事業の重要な要素となりつつあった。ブーランと〈コンソーシアム〉から支払いを止められている状況で、テッサは資金繰りに窮していた。

　この一年、新規の株式公開を口にしてきたテッサだが、他人に明かしていない理由から話を進めてこなかった。そんなときにR3が別の機会をあたえてくれた。民間の資金が人目を惹くことなく、余計な紐が付かないかたちではいってくるのだ。

　しかし、金づるを探すまえに、差し迫った問題に対処しなくてはならなかった。

「逃げたって、どういうこと？」テッサはデスクの後ろからウッズを睨みつけた。

「連中はこっちが雇った男たちの手を逃れた」とウッズが答えた。

「単純な仕事じゃない。彼らの正体を暴いて始末しろって。あなたは言ったわ、彼らは人知れず闇に消えていくって。それって簡単な仕事でしょ」

　ウッズの背後でフォルケがほくそ笑んでいた。この作戦に関わらずにすんだことを喜んでいるのだ。

「やつらを倒せる人間を見つけるのに、あんたがくれたのは一時間だ」ウッズは重い口を開いた。「すぐに手配できたのは連中だけだった」

「彼らははっきり無能だわ」

「短い時間でやれるのは、あれで手一杯だ」

それもあながち嘘ではない。「こちらの機器は取りかえしたの？」

「NUMAの職員が持ち歩いてた電池パックその他の部品は回収した」とウッズは言った。「痕跡（こんせき）はすべて消し去った」

「それならよかった。じゃあ仕事にもどりましょう。今夜、貨物船がこっちにはいるわ。ミラードとその仲間が、危ないって文句ばかり言ってくる。あなたたちふたりで彼のところへ行って、いまは慌てるときじゃないと説得して」

フォルケはうなずいた。ウッズもそれに倣（なら）い、ふたりの男は部屋を出ていった。テッサは時間をあらためた。R3の開会セレモニーはすでにはじまっている。今度は人に咬みつくのではなく、愛想を振りまくほうに気持ちを切り換えなくてはならない。

21

バミューダ

〈ルシッド・ドリーム〉は全長五〇メートルの鋼製ヨットで、三層のデッキを持ち、船体にはまばゆい白とブルーの塗装が施されている。内部に古風な高級品をそろえながら、ところどころに見えるモダンなタッチが船に先鋭的な雰囲気をあたえている。港全体を揺さぶるほどのサウンドシステムと、ガラスで覆ってダンスフロアにもなるプールを備え、金持ちで夜行性の若者向けパーティ船といった趣きもあった。

アッパーデッキにある小型格納庫には、娯楽用と調査用を兼ねたドローン三機が置いてある。機関室の真ん前の閉鎖された区画には、個人の船艇や水上スキーを牽く高速ボートが収納されていた。

まさしく豪華な〈ルシッド・ドリーム〉だが、R3会議に合わせて到着した数多のヨットの一隻にすぎなかった。

時を同じく島を訪れている、同規模もしくはそれ以上の船舶は少なくとも五〇隻にのぼる。より小型の数百隻は言うにおよばず、世界最大とされる五隻のヨットのうち二隻も寄港していた。ソーシャルメディアの大物はおもちゃに金を使う傾向があって、ドットコム長者の多くが水の上でも覇を競おうとしているのだ。

そんな環境のなかで、〈ルシッド・ドリーム〉はさして目につくこともなく、しかも陸地から半マイル離れた湾内に停泊している。これはカート・オースチンにすれば好都合だった。

オースチンはヨットの船尾に立った。気温二七度の夕暮れと湿った微風を楽しみながら、近づいてくる小型ボートを見守っていた。

その服装が目立っている。高価なスラックスを穿き、アルマーニのジャケットはロバート・グラハムの限定品のシャツのカフスが見えるように袖を折っていた。イタリア製のハンドメイドのサングラスで目もとを隠し、髪はプロの手でシルバーからブラックとグレイを混ぜた暗色に染められている。

デッキに立った姿はさながら映画スターだが、それもそのはず、オースチンはある役を演じていたのである。

NUMAが擁するコンピュータの天才、ハイアラム・イェーガーの友人たちのおかげで、オースチンはこれまで数々の起業を援助してきた孤高のベンチャーキャピタリストとして、鳴り物入りでバミューダに登場した。高級なワードローブはこの役には必須で、オースチンはそれらをみごと着こなしていた。本人が唯一気になったのは、一九〇〇ドルであつらえたハイトップのスニーカーを履けと言われたことだった。

　このフットウェアはオースチンには意味不明だったが、テクノロジー業界ではベンチャーキャピタリストの多くが、ユニークなカウンターカルチャー的スタイルを好んで選ぶのだとイェーガーに熱弁をふるわれた。ユニークであることは、裕福であることと同じように大切なのだ。ベレーやフェドーラを名刺代わりにかぶる者もいた。白のTシャツ、ジーンズ、デッキシューズにこだわる者もいる。スティーヴ・ジョブズは黒のタートルネックで有名だった。ザッカーバーグはパーカー。

　オースチンが演じようとしていたのはスニーカーに執着する男だけに、ウィングチップやブーツやイタリア製高級ローファーを履けば正体が割れる可能性もあった。どのみち、スニーカーは履き心地がいい。

「水上タクシーが来るぞ」とオースチンはザバーラに声をかけた。「ショータイムだ」

　後部デッキに現われたザバーラは、テクノロジーの権威(グル)を絵に描いたような出立ち(いでたち)

だった。髪をバックに撫でつけ、シャツのボタンを首まで留め、胸のポケット・プロテクターにはペンが半ダースほどぎっちり詰まっている。カーキ色のパンツを足首のところで折りかえし、やはりスニーカーを履いていたが、こちらはローカットのチェック柄のヴァンズである。持っていたコンピュータ用の肩掛け二個は、一個は自分ので、一個はオースチンのものだった。

「この旅ではアシスタントがいてくれるから大助かりだ」とオースチンは言った。

「週末のあいだ、おれがひとりで荷物を持ち歩くなんて思うなよ」とザバーラは釘(くぎ)を刺した。

「潜入捜査の第一則は人物像を壊さないこと」

「あたりまえさ。おれのキャラクターはスーツケースを運ぶ柄じゃない……上半身の力はからっきしだ」

オースチンは笑った。「そのキャラクターがチップをはずむかぎりは大丈夫だろう」

ザバーラが現金の量を確認していると、ショートの黒髪、マホガニー色のつぶらな瞳(ひとみ)にインド系の顔立ちした女性が、車椅子を楽々と操作しながらデッキに出てきた。

プリヤ・カシミールはハイアラム・イェーガーのチームの一員で、オックスフォードとMITに学んだ後、NUMAに入所した。もとは現場要員としての採用だったが、交通事故に遭って腰から下が麻痺(まひ)する怪我を負った。負傷が癒えると技術部門に配属されたが、プリヤは現場への復帰をあきらめていなかった。今回がその初めての機会だった。

プリヤはコンピュータチップを埋めこみ、ラミネート加工がされたバッジを二枚差し出した。「おふたりの許可証よ。これがあれば追加のＩＤは必要ありません。本人のプロフィールが暗号化され、顔認証のデータが埋めこまれているので。もちろん、すべて架空の経歴に沿うように偽造されてます」

「早かったね」オースチンはバッジを取り、一枚をザバーラに渡した。「これをなくしたふりをするはめになるかと思ってたよ」

「わたしの仕事をしてるだけです」とプリヤが言った。「信頼して連れてきてくださってありがとう」

「この先、きみの全面的な協力をあおぐことになると思う」とオースチンは言った。「さしあたって、ボートを預かってもらうよ。ぼくらが出かけたあとのどんちゃん騒ぎは禁止だ」

「約束はできないけど、なるべく抑えるようにします。それにしても、ふたりともすてき。幸運を」

「ありがとう」

船尾に水上タクシーが寄せてくると、オースチンはコンピュータを入れたバッグをひとつ肩に掛けた。そして船体をヨットに当てたボートに飛び乗った。

「ミスター・ハッチャー」ボートの舵手がバミューダ英語の訛りで言った。

オースチンはうなずいてザバーラを紹介した。「こちらはぼくのアシスタントのロナルド・ラフ。ぼくらはナンバーズって呼んでる。きみもそう呼んだらいい」

やはりうなずいた舵手がスロットルを軽く突き、ボートはヨットを離れて陸に向かった。「バミューダへようこそいらっしゃいました。では、われわれの歴史についてすこし。まず初めに、ミスター・ナンバーズと同じで、この島には別の名前がありまして。サマーズ島と呼ばれることがあります」

「聞いたことがある」とオースチンは応じた。「〝悪魔の島〟と呼ばれることもね」

「そうです」と舵手が言った。「そう言ったのは難破船の船乗りで。この島は危険な暗礁(あんしょう)に囲まれてます。ここで座礁すると、船を陸まで持っていくことも脱出することもできないんですよ。でも、生き残った人間はここで喜びと幸福を見つけた。きっと、あなたがたもそうなります」

それはR3会議での成り行きによるだろう、とオースチンは思った。

22

NUMA船〈ラリー〉

　ポール・トラウトは、いまおこなっている作業で興味とともに失望を感じた。仮設のラボとして使用する〈ラリー〉の医療センターで、彼は破裂したパイプから採取したガスの種類を特定しようとしていたのだ。

　これまでの努力はガス自体の性質によって阻まれていた。空気で燃え、水でも燃えるこのガスはステンレス鋼をふくむさまざまな金属を損ない、ほんのわずかでもふれれば皮膚を酸のように灼く。

　これを収納するには、真空密封したガラス張りの容器に入れておくか、窒素のなかに沈めるしかなかった。それで爆発が止められることはわかったが、別の問題が発生した。

ポールがガスを注入した試験管から細いプローブを抜くと、プローブの先端が燃やしたマッチのように燻(くすぶ)っていた。

「どういうこと?」とガメーが訊いた。ガメーのほうは室内の反対側で、回収した沈殿物の試験をつづけていた。

「たったいまの実験でセンサーが溶けた」ポールは落胆して言った。

「ルディに給料から差っ引かれる」とガメーはからかった。

「べつに、ばれなきゃ平気さ」

「運がいいわ、わたしなら買収されるから」

ポールは笑った。「このガスは酸みたいに腐食作用があって、気化した石油燃料みたいに爆発する。海水を数滴落としてみたら、それが水素と酸素に分解されて、ガスが酸素に反応して燃えた。つまり水中でも発火するわけだ」

「小さな爆発音を聞いた気がする」

「ほんの数滴でよかったよ。ほら」

ポールは実験をおこなった強化ガラス製のビーカーを掲げてみせた。内側が黒ずみ、ガラスの曲面にひびが走っている。

「安全ゴーグルをしたほうがいいわ」

「きみもね」

「わたしは海底粘土をいじってるだけだから」

「泥が目にはいったら困るだろう？　だいたい、その沈泥の中身が――」

「それはわかってます」ガメーは撥ねつけた。「あなたの言うとおり……目にはいったら困るけど」

渋々ながら安全ゴーグルを掛けたガメーはつぎの実験に取りかかった。彼女は標本を採取した密封ビーカー内で、圧力増加がなぜ起きるのかを探ろうとしていた。

泥の一部を塗ったスライドを顕微鏡の下に置き、倍率を上げていくと、しだいに目当てのものが見えてきた。湿った土のなかに細かい気泡が生じていた。気泡は現われては弾けて消え、また新たに生まれてくる。さらに倍率を上げたすえに、ガメーはこの気泡の原因を目にした。

「生物膜（バイオフィルム）だわ」

「それって新作映画の話？」ポールは溶けたセンサーの代わりとなる部品を探しながら訊いた。

「バイオフィルムは、細菌が集落（コロニー）をつくろうとしている明白な証拠よ。そうやって細菌株が出来ると、抗生物質での治療が難しくなるわけ。このフィルムは粘液状でバリアとして働く。抗生物質が細菌本体に届かないように護るの」

「それって……つまりは?」

ガメーは顔を上げた。「パイプライン付近の沈泥に、大量のバクテリアが発生しているってこと。他の場所は調べても出てこなかったのに」

ガメーはれっきとした生物学者だが、ポールにも多少の知識はあった。「あそこにあったのは不毛な沈泥じゃなかったのかい? 深くて暗いから生物は存在しないって?」

「そのはずなんだけど。パイプラインから出た熱とか、漏れた化学薬品が食物源になったのかもしれない。もしかして、細菌が揮発性ガスを餌にしているのかも」

ガメーはふたたび顕微鏡を覗いて倍率を上げた。「変わった形をしてる」と言いながら、細菌コロニーの数を調べていった。

「どんなふうに?」

「細菌って、普通は楕円形をしてるんだけど。これは赤血球に似てるわ。ドーナッツみたいな形」

ポールはがぜん自分のことより妻の研究が気になりだした。「細菌をガスの標本にさらしてみたらどうだろう。それで成長率が上昇したら、その小さな生物がガスを餌にしてるってわかるんじゃないかな」

「いいアイディアね」

ガメーは細菌の標本を新しい試験管に移し、水を注入して密封した。それをポールのところに持っていこうとしたとき、大きな破裂音がした。びっくりして手を離した試験管を、床に当たる寸前で身を挺してキャッチした。

ポールがテーブルを回って駆けつけると、ガメーは片手でつかんだ試験管を、ずれたゴーグルもそのままにじっと見据えていた。試験のガラスの内側が、先ほどポールが実験で駄目にしたビーカーさながらに黒ずんでいた。

ふたりは同時に同じ結論に達した。

「細菌はガスを食べてるんじゃない」とポールは言った。

「ええ」とガメーは同意した。「ガスを発生させてる」

23

バミューダ
コンステレーション・ホテルのポラリス・ボールルームおよび会議場

　これまで数えきれないほどの展示会や会議に参加してきたオースチンだが、R3ブラックアウト会議のようなイベントは初めてだった。展示会というより、マルディグラのエレクトロニック版といったほうが近い。

　大きな室内の照明はブラックライトで、電子音楽が響くなか、闇に光る飲み物が配られていった。

　男女とも、LEDや体温によって変化する光ファイバーをあしらった〝アクティブな服装〟をしていた。その色は彼らの精神状態と一致しているのだろう。恐怖、敵意、興奮、満足など、すべてちがう色合いで表される。

そしてホールにいる全員が、レンズにコンピュータのディスプレイが投影される縁の透明な眼鏡を掛けていた。

「死んで電気の地獄に送られた気がする」とオースチンは言った。

「こいつは受け入れるしかないね」とザバーラが応じた。「人物像を守るんじゃなかったのか。それに、郷(ローマ)に入れば、のたとえもある」

「ここがローマだとしたら、もう蛮族に占領されてる」

襟に光のパイピングをほどこした、ネオングリーンのレインコート姿の女性が近づいてきて、ふたりのIDバッジをスキャンした。「ようこそブラックアウトへ」と彼女は言った。「こちらが無料の感覚性(センシャンス)ゴーグルです」

ふたりに手渡されたのは、薄いピンク色のレンズを入れた、さほど洒落(しゃれ)てもいない眼鏡だった。掛けてみると、たちまち情報の波が押し寄せてきた。緑を着た女性の上に〈アマンダ：ホスト〉の文字が表示された。

「きみはアマンダ？」とオースチンは訊ねた。

「ええ。わたしはゲストの進行役で、ときどきホストって呼ばれる。掛けた眼鏡の横をタップすると、わたしや話しかけた相手の詳しい情報が見えるから」

オースチンは眼鏡の右の蔓(つる)をタップした。すると即座にアマンダの追加情報が表れた。

性別：女性
ステータス：独身
自宅：カリフォルニア州パロアルト
雇用主：センシャンス・インダストリーズ
学歴：スタンフォード大学工学士、ネットワーク科学修士
好きな言葉：「私についてこられるなら、どうぞ試してみて……」

隣りでオースチンと同じものを読んだザバーラがにやにやした。「誘ってくる感じがなんとも興味津々(しんしん)だな」

「落ち着け、ナンバーズ」とオースチンは言った。「おれたちはビジネスでここに来てるんだ」

ザバーラがちょっかいを掛けているあいだにオースチンは室内を見まわし、近くにいる人間の名前を読んでいった。

「音声認識を使えば道案内をしてくれるわ」とアマンダが言った。「反対側の蔓を押

してしゃべって」

「エレベーター」オースチンはシステムを試してみた。レンズに薄い線が映った。それが人々を覆う影のようになって室内を横切り、奥の壁を明るく照らして曲がっていった。

ホストが顔を輝かせた。「その線をたどっていけば、エレベーターまで迷わず行けるわ」

「パーソナルGPSか」とオースチンは言った。「気に入ったよ」

「ぼくもやってみる」ザバーラは眼鏡の左の蔓にあるセンサーを押して話した。「アマンダのハートを奪う道」

線はまっすぐアマンダに向いたが、それ以上は映らなかった。

「残念だけど、感情の道案内はしません」とアマンダは冗談めかして答えた。「でも、あなたが足のマッサージが上手なら、道の途中までは来てる」

アマンダがザバーラの眼鏡の蔓のセンサーをタップすると、彼女の名前の横に小さなハートが表れた。ザバーラは眉を上げてにっこり笑った。

「ありがとう」とオースチンは言った。「これ以上、きみの時間を取らせることもないな」

アマンダが他のゲストを迎えにいくと、オースチンとザバーラはメインの会議場内を歩いて参加者と会話を交わし、最初の質問をするまえに相手の名前を把握するというやり方に馴れていった。

オースチンはこのやりとりに気まずさを感じた。「ひとつ確かなのは、こいつを掛けてると無駄話がいらなくなるってことさ。いきなり要点にはいるわけだから」

「おれは独身女性全員をお気に入りリストに入れるぞ」とザバーラは言った。「残念ながら、あんたがはいりこむ余地はないから」

「胸が張り裂けそうだ」オースチンは調子を合わせた。そして「そろそろ仕事に取りかかるぞ」と宣言して眼鏡の右の蔓にあるセンサーを押し、「燃料電池の展示」と口にした。

すると最先端の燃料電池を宣伝する数社のリストが表示された。オースチンはもう一度センサーを押し、最初の会社の名前を告げた。そこで示された線がつないだブースでは、複数のスクリーンで派手にプロモーションビデオを流していた。各スクリーンがそれぞれ燃料電池システムの異なる使い方を提案していたが、その会社の製品情報には技術的に目新しい部分はなかった。

二番め、三番めとブースをめぐってみたが、結果は同じだった。

「設計に特別な部分はないね」とザバーラは言った。「園芸用の電池より多少はましって程度だな」

「おまえのお気に入りリストに入れるまでもない」オースチンは眼鏡の蔓のボタンをタップして、リストの最後にあった名前を言った。「〈ノヴァム・インダストリア〉」

「Lが付いてインダストリアルじゃないのか？」とザバーラは訊いた。

「ここにはそう書いてない」

レンズに映る線に従って、オースチンは人込みを縫い、水が流れ落ちている壁の横を通った。その水もブラックアウト会議らしくブラックライトに輝いていた。

壁の端を過ぎるとつぎの展示があった。ここでは磁性材料のサンプルと、バッテリーと貯蔵システムに関する情報を見ることができた。

眼鏡越しに、硬い岩でつくられたように見える背景から文字が表れた。〈ノヴァム・インダストリア〉。今度はその翻訳がレンズに映し出された。〝新エネルギー〟のラテン語訳だった。

技術スタッフの背後の小さなラウンジで、波打つ黒髪、ふくよかな唇、身体にぴったりしたスーツ姿の女性が注目を浴びていた。オースチンは女性の目に惹きつけられた。それは彼女がセンシャンス・ゴーグルを掛けておらず、また蠱惑(こわく)的でアーモンド形のわずかに吊りあがったその目が、どことなく猫の気配をまとわせていたからでもある。

　彼女を取り巻いている一団は、眼鏡を通して見ると全員が投資家であることがわかる。オースチンはその輪にくわわり、女性に焦点を合わせて情報を手に入れた。

テッサ・フランコ：〈ノヴァム・インダストリア〉社創業者、社長兼CEO

　その他の情報は必要なかった。オースチンは眼鏡を取り、彼女が自社の目標と理念を語り終えるのを待った。

「……先日のメキシコ湾での出来事は、こうした化石燃料への狂った依存を終わらせる必要性を示す一例にすぎません。このままでは新たな地獄へと進んでいくばかり――地球温暖化、気候変動、記録的なハリケーン、それに珊瑚礁の白化や魚類個体数の劇的変化などは言うまでもありません。影響は明らかです。でも、政府や国連のプログラムがこの依存を止められると考えるなら、それはご自分にたいするごまかしです。リベラルの儚い夢であって、お金の無駄遣いです。この自殺行為に等しい化石燃料の使用を止めるには、より良い何かを開発していくしかありません。〈ノヴァム・インダストリア〉はその何かを見つけ出したんです」

　彼女が脇にどくと、新しく完成された燃料電池とバッテリーシステムのホログラフイック映像がぼんやりと映し出された。その独自のディテールについては判別できなかったが、他のブースの製品とちがっていることはわかった。

周囲に群がった男たちは、彼女の一言一句に聞き入っていた。

「やつらが狙ってるのは金か、愛か？」とザバーラが耳打ちした。

「両方をちょっとずつだ。問題は、彼女が何を求めているかだな」

「両方だよ」

「まさに同感だ」

投資を考える男たちが、テッサにたいしておもむろに話しかけた。いずれも厚かましいほどの口ぶりだったが、明らかにテッサのほうが優位に立っていた。全体を手際よく仕切り、ひとりずつ声をかけては補足の質問はさせず、相手を欲求不満に陥らせていた。

オースチンは、そんなおもねる集団の一員になる気はなかった。ここで目立たないと意味がない。

順番がまわってくるのも待たずに列の前へ進み出て、彼女の話をさえぎって片手を差し出した。「古いやり方だとわかってはいるんだが、握手は相手に多くのことを伝える。スマートグラスよりもはるかにたくさんのことをね」

説明の途中だったテッサはオースチンのことを睨めまわした。彼女はセンシャンス・ゴーグルを掛けていなかったので、そこはオースチンに有利だった。

「マックリン・ハッチャー、〈ファイアライト・インベスティング〉」

テッサはまた一拍おいてオースチンの手を握った。「テッサ・フランコ、お会いできて光栄です。技術投資家の方がハードウェアより直感を優先するのは不思議だけど」

「私はハードウェアに投資しない」オースチンは億万長者だけに許される、自信にあふれた声音で言った。「私が投資するのは人さ。きみが何をつくったところで、他人はすぐに真似をするだろう。それはここにいて、きみに金を出しもしない人間かもしれない。きみのデザインを踏まえて、それを超えるものをつくる連中も出てくるだろう。しかし、もしきみが私の思うような人間なら、そのころには、きみはまた新しいものに取りかかっているはずだ。よく言うじゃないか、飽くことを知らない者だけが成功すると」

ここでようやくテッサが頬をゆるめ、オースチンはインタラクティブ・ツールの力は借りなくても、彼女という人間を理解できたと思った。

「失礼だが」投資家のひとりが言った。「いまはちょうどわれわれが――」

「ああ、そうだった。みなさんに謝罪を申しあげる。どうか楽しい一夜を――とくにきみだ、ミズ・フランコ」

それをしおに、オースチンは軽く会釈してその場を離れた。

歩きだしたオースチンをザバーラが追いかけてきた。「相手を苛つかせるのが、とびきりの自己紹介の方法だとは思ってもみなかった」

「大事なのは印象をあたえることとさ」

ザバーラはうなずいた。「あれで彼女のお気に入りのリストにはいったと思う？」

「それか、完全に削除されたかだな」

「いずれはっきりするさ。こっちはその間、ディスプレイを眺めてたんだ。設計要素があの潜水艇から引きちぎったものと似てる。顕微鏡で調べたわけじゃないんで、あまりはっきりしたことは言えないけど」

「ここまでの唯一の手掛かりだな」とオースチンは言った。「われわれがそれなりの金を出すと約束したら、テスト用のサンプルを出してくるかもしれない」

部屋の半ばまで来たころ、オースチンはポケットに軽い衝動を感じた。眼鏡が振動していることに気づいて掛けてみた。

「メッセージが届いてる」

ザバーラは頭を振った。「これがデートの誘いだったら、おれは自分の存在すべてを考えなおすことにする」

オースチンはボタンをタップしてメッセージを開いた。目の前に、文字が中空に浮いているかのように表示された。

あなたのおっしゃるとおりよ、ミスター・ハッチャー、わたしは飽くことを知らない人間です。だからこそ、あなたの握手ビジネスと関われるのかもしれない。あすの夜、お食事をしながら、肌と肌がふれあう今後の可能性について探ってみませんか。

——テッサ・F

「削除されてなかったよ。で、返事をどうするかだが」

オースチンはメニューをスクロールしてメッセージ・アプリを見つけると、静かに語りかけた。「あしたは都合が悪い、今夜なら」

視界に現われたその文字が、送信するとともに消えた。返信は落胆するような内容だった。

今夜はオリヴァー・ウォレンと会うことになっていて。運命が許せばいずれそのうち。

——テッサ・F

オースチンは返事しなかった。

ザバーラが首を振った。「期待だけさせといて……」

「そういうことらしい。あたりをうろついて、ほかに収穫がないかみてみよう」

24

バミューダ

〈ルシッド・ドリーム〉にもどったオースチンは高価なジャケットを脱ぎ捨て、一杯飲んでからメディア室へ向かった。そこではプリヤがヨットの衛星アンテナを使い、NUMAのコンピュータシステムとのリンクを確立していた。

「テッサ・フランコのことで何かわかったかな?」

キーボードをたたきはじめたプリヤは、見つけた情報をオースチンに示した。「三十一歳、アメリカ人の両親の間にイタリアで生まれる。二重国籍を持つ。父親は第一次のコンピュータブームで大成功をおさめる。恵まれた幼少時代を送ったが、十歳のときに母親を、大学院生のときに父親を亡くす。その時点で相続したかなりの財産を、あらゆるハイテクビジネスやスタートアップ企業に注ぎこみ、一〇〇万単位の金を一

○億単位にふやそうとした」
　プリヤはそこで言葉を切って目を走らせ、核心的な情報を見出した。「三年後、ほぼ無一文になる。破産に追い込まれる直前、設計した新型リチウム電池が売れた。それが世界のコンピュータの半分と電話の大半に使われるようになった」

「第一幕」とオースチンは口をはさんだ。「上昇と失墜。第二幕、再興。昔ながらの物語だ」

「別の記事によると」プリヤはつづけた。「その後はより多様な業種に金を出すようになった。F1のレーシングチームを買収し、難破船引き揚げをおこなう歴史保存団体に資金を提供する。さらに大きさでは747に引けを取らない、ユニークな水陸両用機を建造した」

　ザバーラが背筋を伸ばした。「新聞でその写真を見た。〈モナーク〉だ。ここに来てる」

「でしょうね」とプリヤは応じた。「彼女はここに住んでいるから。天候のせいか、税金が理由なのかはわからないけれど、〈ノヴァム・インダストリア〉はバミューダの法人組織。で、この記事では、湾内にベイカーズ・ロックと呼ばれる島を所有していると」

衛星地図を見ると、〈ベイカーズ・ロック〉の投錨(とうびょう)地から一マイル足らずの場所にあった。

「ズームインしてくれ」

プリヤはベイカーズ・ロックの輪郭でモニターが埋まるまでズームキーを押していった。

オースチンはその配置に目を凝らした。小山のような島の側面に宮殿と見まがう邸宅が築かれ、半円形の入り江には円形劇場の座席さながら白い大理石がめぐらされている。そして〈モナーク〉が入り江の端から端まで両翼を伸ばした格好で、曲線の空間にほぼおさまるように浮かんでいた。

その上方に、トラバーチンのデッキを取りまわしたプランテーション風の広い屋敷があり、正面にハイビスカスの花の形をあしらった大きなプールが紫とピンクの光を浴びている。

「立派なお宅ね」とプリヤが言った。「わたしのアパートメントは、プールのあの浅い部分におさまってしまう」

「あんたの考えてることはわかる」とザバーラが言った。「でも、別のデートの相手が来るんだろう？　オリヴァー・ウォレンが」

オースチンはにやっと笑った。「きみたちふたりが邪魔のしかたを考えてくれたら、彼は来ない」

25

オースチンはスイムトランクスを穿き、フィンと防水パックを手にして〈ルシッド・ドリーム〉のトップデッキに出た。

「想像していたのとちがう」とプリヤが言った。

プリヤは数フィート離れたテーブルからグレートサウンドを眺めていた。「フェイスペイントも特殊部隊の装備も、サメや悪党と闘う一二インチのナイフもないの?」

「サメと悪党は避けて通りたい」とオースチンは答えた。「それにフェイスペイントなら、ぼくの予想だとテッサの豪華なベッドルームスイートで現在進行中だ。残る装備品で必要なものはすべてここにある」彼は防水パウチを叩いてみせた。

「さっき持ってみたけど、こんな暖かい夜なのにびっくりするほど冷たかった」

「それでいいんだ」

プリヤは微笑した。目の前に置かれた彼女の装備品には、つねに持ち歩いているラップトップ、携帯用の衛星受信機と接続されたもう一台のコンピュータ、携帯無線機、電話およびiPadなどがあった。

「ずっと目を光らせているので。盗聴器を作動させれば、あなたのしゃべっている声はこちらに聞こえるから、十三歳未満の鑑賞に注意した行動を」

「努力するよ」

オースチンは双眼鏡でベイカーズ・ロックを観察した。すでに〈ルシッド・ドリーム〉を新たな地点に移動させ、眺望を確保していた。島の全体と、その裾に広がる半円形の入り江を見渡すことができる。両側から照明を受けた〈モナーク〉は、飾られたトロフィのようだ。

飛行機の裏手にあたる岩層を調べていると、汀から二基の階段がつづいているのがわかった。その頂点に配された円柱が、ギリシャかローマの宮殿を見ている気分にさせる。

オースチンが双眼鏡を覗く一方、プリヤはコンピュータでドローンから送られてくる画像を確認していた。はるかに詳細なものだった。

「入り江右手の崖に警備員がひとり」とプリヤが言った。「階段にもうひとりいて、パトロールする者がひとり。パトロールしている警備員は犬を連れてます」

「おみやげを詰めればよかったかな」

警備については心配していなかったが、ふさわしい場所にタイミングよく姿を見せる必要がある。入り江周辺のさまざまな場所には、またおそらく〈モナーク〉にもカメラが設置されているにちがいない。警備の目につきそうな場所で、海から登場するのが最善と判断した。

オースチンは双眼鏡を下ろして時計を見た。「時間だ。ジョーと連絡を絶やすな、きみの支援が必要になるかもしれない……あるいは保釈金か」

プリヤは電話を掲げた。「これでつながってる」

防水パックを背負ったオースチンは下層のデッキに降り、そこから梯子をつたってバミューダのグレートサウンドの穏やかな海に浸かった。

水にはいるとコンパクトなフィンを着け、ヨットを押しやるようにして泳ぎだした。規則正しいクロールできびきびしたペースを保った。

五分後には、光に照らされた入り江に近づいていた。そこからは飛行機を避けて斜めに進んだ。入り江にはいったあとはまっすぐ階段に向かって泳ぎ、水から出ると階段の二段めに腰かけた。

あとは暢気そのものといった風情でフィンをはずし、防水パックから取り出したタオルで全身を拭いた。

それがすむとタオルを脇へ放り、パックを肩に掛けて階段を昇りはじめた。

ここまでやってカメラに映らないようなら、テッサは警備チームを解雇したほうがいい。


屋敷の内部ではオースチンが予言したとおり、テッサが鏡の前に座り、着換えも半ばでメイクアップにいそしんでいた。数フィート離れたところで、目にもあやなイブニングガウンが待っている。

マスカラのブラシを手にしているとインターコムが鳴り、警備のチーフの声がした。

〈お邪魔をしてすみません、ミズ・フランコ、じつは侵入がありまして〉

テッサは睫毛に黒を引いてブラシを置いた。傍らのインターコムのボタンを押し、

「どんな侵入？」と声を荒らげた。

〈泳いで海から上がってきた者がいます。いま階段を昇って母屋のほうに向かっています〉

「泳いできたって、どういうこと？　攻撃されてるの？」

〈そうではないのですが〉チーフは混乱している様子だった。〈正直、判断がつきま

せん。男ひとりなんです。隠れるそぶりもありません。ここが公有地だと思ってるのかもしれません〉

「飛行機を見ようとしてるの？」とテッサは訊いた。「まえにもそういうことがあったけど」

〈いいえ。パティオに向かってます〉

「スクリーンに映して。こっちで見たいから」

目の前にある鏡にスクリーンが点灯した。そこに、まるで自宅のように悠々とパティオを横切っていく人影が見えた。色鮮やかな水泳用トランクス姿の男は、ほれぼれするような身体にパックを背負っていたが、危険を感じさせる雰囲気はどこにもなかった。しいて言えば風景を楽しんでいるような、リラックスできる場所を探しているといった感じだった。

やがて警備員がひとり、新参者に向かって走り、タックルを掛けようとした。警備員はあっという間に倒され、地面にのびていた。

「ズームインして」とテッサは命じた。

カメラがトランクスの男に寄っていくと同時に、武器を抜いたふたりめの警備員が現場に到着した。テッサは苛立たしげに息を吐いた。

「部下を下がらせて。いまからそっちに行くから」

テッサは立ちあがってドレスをまとってから、いま一度姿見を覗いた。それに満足すると、またスクリーンに目をやって部屋を出た。

26

バミューダ中央

オースチンが首尾よくテッサの敷地内で囚われの身となったころ、ザバーラはオリヴァー・ウォレンが滞在する地所に近い、トリッキーな交差点に向けて小型ヴァンを走らせていた。

「カートにうまく丸めこまれたな」とザバーラはこぼした。

〈何の話？〉電話のむこうでプリヤが応じた。

回線がつながっているのを忘れかけていた。「いや、ちゃんと嗅覚がもどるかなと思って」

窓を下ろし、ファンとエアコンを全開にして走っているのだが、ヴァンの後部から漂ってくる腐った魚の臭いはすこしも——まったくもって——ましにはならなかった。

後ろにある死んだ魚の山には氷を入れ、どこかへ出荷するように見せかけてある。

「今日の獲物って、いつの今日なんだ？」

確かなのは、オースチンの名案によって借りたヴァンの後部に積みこまれるまで、この魚が堆肥の山になる運命だったということだ。

〈もうすぐラウンドアバウトだけど〉とプリヤが言った。〈通り方はわかってる？〉

さすがにザバーラも、道路の左側をキープすることは頭にはいっていた。多少でも交通量があれば、あとは前の車についていけばいい。「ベストを尽くすよ。でも、どうしてイギリス人は信号と冷たいビールに反発するんだろう？」

〈ラウンドアバウトは面白いでしょう〉プリヤは育った国の弁護にまわった。〈それに、凍るほど冷えたビールは味がしないわ〉

もっともな見解だった。「ウォレンはどうした？」

〈リムジン会社のサーバーに侵入しているんだけど。運転手が彼を拾ったって報告を入れたわ。いま邸宅を出るところ〉

「ありがとう」とザバーラは言った。「こっちは道にもどったらまっすぐ走れるように祈りながら、ハゲワシみたいにラウンドアバウトをぐるぐる回ることにする」

〈目を回さないでね。それと、車はリムジンじゃなくて、シルバーのリンカーンＭＫ

Ｘだから。大型のＳＵＶ〉

「タイヤが付いてればわかるさ。でも忠告には感謝するよ」

プリヤがキーボードをたたく音が聞こえてきた。

〈いま、リムジン会社内部の追跡ネットワークにはいってくるＧＰＳデータを、そちらのマップシステムと同期させるようにプログラムしているところ。こうしておけば、もしはぐれてもウォレンを見つけられる〉

プリヤと直接やりとりするのが初めてだったザバーラも、すでにこの状況を楽しんでいた。「きみはカートよりよほどしっかりしてるし、行き届いてる。これは本人には内緒だけど」

〈心配はいらないわ。わたしはハッカーとクライアント間の機密をばらすようなことはしないから〉

ザバーラは電話のナビゲーション画面に目を落とした。地図上に二個の点が表示されていた。青が自分、赤がウォレンが乗車するＳＵＶだった。

〈予想どおり、むこうはミドル・ロードを下ってくる〉

バミューダは細長い島である。それを縦に貫く主要道路が三本あり、一方の海岸沿いを通るのがノースショア・ロード、その反対側にサウス・ロード、そしてまさに島の背骨を走っているのがミドル・ロードなのだ。

「見つけたよ。もう一周してやつの前に出る」

ザバーラはラウンドアバウトを一周してスピードを落とした。ウォレンの前に割りこむためだった。車が何台もクラクションを鳴らしながら追い越していった。それを無視してのろのろ走っていると、やがて新車のリンカーンが放つヘッドライトの白光が見えてきた。

そこでスピードを上げて車を左に寄せ、モペットに乗ったふたり連れの観光客をきわどく避けた。またクラクションが鳴らされた。島の連中が知り合いに向けて鳴らす親しげな音ではなかった。

〈大丈夫?〉とプリヤが訊いてきた。

「とりあえずね」とザバーラは答えた。「こいつは思ったより危険だってことがわかってきた。いまはリンカーンの前にいる。むこうを止めるには広いスペースが必要だな」

問題は大事故を起こさずにSUVをどう止めるかだった。ウォレンにも、誰にも怪我をさせずに足止めを食わせなければならない。そのとき、リンカーンの後ろで縦に並ぶモペットが目にはいった。ザバーラは速度を落としながらも、リンカーンには抜かせないようにした。そのせいでモペットのスピードが止まりそうなほど落ちた。ついに辛抱しきれなくなったモペットのライダーたちが大きく進路を変え、リンカーンとザバーラのヴァンを一気に追い越していった。

他の車輛がいなくなると、ザバーラはリンカーンを誘うようにアクセルを踏んだ。ウォレンの車の運転手が距離を詰めはじめると、ザバーラはコンソールに雑にテープ留めしたトグルスイッチに手を置いた。

そのスイッチは、ヴァンのバックドアに仕掛けた少量の爆薬に接続されている。これが爆発するとドアが吹き飛び、あまり新鮮ではない大量の魚が、事前に仕込んだスロープを伝って一挙にこぼれ落ちるという寸法だった。

魚の下に敷かれた氷のなかには、ソフトビニール製の灌漑(かんがい)用ホースが隠れている。このホース内にも、新型SUVが履くランフラットタイヤに穴をあけるだけの爆薬が装入されていた。

じつに名案だとザバーラは思っていた。爆薬がタイヤを破裂させ、氷によって爆発は隠蔽される。そして魚は？……まあ、気の利いた装飾といったところだ。

いま一度確認してスイッチをひねると、ヴァンの内部で爆発音が響きわたった。青い煙とともに積み荷が飛び出し、後方の路上に散乱した。リンカーンがそれを乗り越えようとした拍子に三つの小さな閃光が上がり、タイヤが破れた。車はそこから三〇フィート走って停まった。

ザバーラはヴァンのブレーキを踏み、路肩に寄った。「魚屋作戦、進行中。これから謝罪しにいく」

〈何かあれば、こちらは待機しているので〉とプリヤが応答してきた。

片耳にイアフォンを挿し、電話をポケットに入れると、ザバーラは消火器を手にヴァンを降りた。駆けつけたリンカーンの外で、運転手が惨状を眺めていた。

「馬鹿野郎が」と運転手がわめいた。

「おれの魚がめちゃくちゃだ」とザバーラは言った。

「魚のことなんて知るか。見てみろ。このタイヤ」

ザバーラはリンカーンを見つめた。タイヤ二本がリムからはずれて吹っ飛んでいた。三本めはサイドウォールに穴があいていた。四本めは無傷だったが、スペアタイヤ一本では動かしようがない。

「おっと、こいつはひどい」

「最悪だ」と運転手が言った。

「申しわけない。なんでこんなことになったのか。会社に電話をするから。保険の情報を教えるよ」

ザバーラは抜き出した電話でダイアルするふりをした。すでに古い魚の腐臭がひどくなっていた。残っていた爆薬の臭いはかき消され、じきにリンカーンの運転手が口もとを手で覆った。

なぜかザバーラはその悪臭を感じなかった。一分ほど電話で話す芝居をしてから黙りこんだ。「保留にされた」と言った。「よくある……しょっちゅうだ……」

そこでSUVの後部ドアが開き、男が降りてきた。ウォレンではない。ボディガードだろう。男は腐った魚を踏まないように注意しながら、ザバーラと運転手のそばまで歩いてきた。

ウォレンも外に出てきたが、リンカーンのそばを離れなかった。「これはなんのざまだ？」

「ちょっとした事故なんだ」とザバーラは言った。「大したことじゃない。話をつけようと思って。いまこっちの会社に連絡してる」

「こんなことに付きあってる暇はない」ウォレンが時計を目にして言った。「ここを出よう」

運転手は首を振った。「すみません、ミスター・ウォレン。別の車を用意しないと」

「別の車？」

運転手は破損したタイヤを指さした。

視線を落としたウォレンはうんざりしたように頭を振った。「急げ。臭いで死にそうだ」

と、それだけ言ってSUVにもどり、ドアを閉じて窓を上げた。そんなことでこの芳香から身を守れるものか、とザバーラは思った。これだけの腐った魚に囲まれて、ウォレンは一日経った魚のスープに身体ごと浸かっているようなものなのだ。

ザバーラは保留のふりをつづけた。「問い合わせの件数が多いんだ。こっちは大事な連絡だっていうのに」

運転手は自分の電話で代車を呼ぼうとしたが、コンピュータの高度な不正操作により、連絡は運転手の会社ではなくプリヤにつながった。ザバーラは自分の電話でその会話を聞いた。

「指令係、こちら六号車のシャーマン」と運転手が言った。「こんな報告で悪いが事故に遭った。レッカー車と、ミスター・ウォレンに乗ってもらう代車が必要だ。できるかぎり急いで」

〈そちらはミドル・ロードとパーソンズ・レーンの交差点ですね〉プリヤは英国のア

クセントがはいった本物のバミューダ人らしくしゃべっていた。

「そこから数百ヤード先だ」

〈レッカーを呼んで別の車を送ります。ミスター・ウォレンには、安全上の理由から車内に留まるように伝えてください〉

「もちろんだ」と運転手は応えた。「とにかく急いでくれ。ここは臭くてしょうがない」

通話が終わった。ザバーラは偽の保険証書を運転手に渡して詫びを重ね、バックドアをテープで仮留めして走り去った。

オリヴァー・ウォレンと彼のボディガード、そしてリンカーンの運転手は二〇分待ってしびれを切らし、別の車を呼んでさらに待つことになった。二回めの電話のあと——魚臭が服に沁みついてしまったことに気づいて、ウォレンは秘書と連絡を取り、テッサ・フランコとのデートの約束をキャンセルするように手配させた。

謝罪とともに、ウォレンが持ち出した仕切り直しの内容とは、明日から三日間、いずれの夜の食事でも都合をつける——ただし魚料理でなければ、というものだった。

27

バミューダ、テッサの屋敷

　オースチンは、投げ飛ばした警備員の前に立ちはだかったまま両手を上げた。第二の警備員に撃たれないようにするためである。

「すまなかった」と彼は最初の相手に話しかけた。「びっくりして、つい手が出てしまってね」そう言って手を差し伸べた。「怒ってるかい？」

　倒れた男は警戒してうろたえているふうでもあったが、第二の相手は敵意をむきだしにしていた。「そこを動くな」と叫ぶと銃を抜き、オースチンの胸に狙いをつけた。

「リラックス」とオースチンは言った。「ぼくは愛を求める男で、戦う人間じゃない」

「いいから、両手を見える場所に出しておけ」

　オースチンが両手を上げていると、地面に倒れていた男が起きあがり、ついでにオースチンの防水パックを引っつかんで後ずさった。

「中身を調べるか」

「気をつけて」とオースチンは言った。

警備員はバッグのジッパーを開いて手探りすると、メインのパウチの部分をあけ、融けかけた氷をひと握り取り出した。「なんだこれ?」

スライディングドアが乱暴に開かれる音がして、パックを探る警備員の手が止まった。全員の視線が注がれ、オースチンは救いの主テッサ・フランコを目にしていた。

ビーズをあしらったイブニングガウンも美しく、テッサが素足でベランダに現われると、宵(よい)の柔らかな光のなかで煌めきが躍った。歩いてくる彼女の瞳はつぶらで、顔はほんのり赤く染まっている。魅力あふれる女性だった。

「いったいどういうことなの?」

「この男が家に近づこうとしていたので捕まえました」

その質問は警備員に向けられたものではなかった。テッサはまっすぐオースチンのことを見つめていた。オースチンは肩をすくめた。「今夜早くに会えないかって訊ねたら、きみは別の時間ならと返事をしてきた。だからこうして参上した」

「別の時間にとは言ったけど、いまはその別の時間じゃないから。というか、都合が悪いと申しあげたのはこの時間のことだから」

警備員はというと、来客は泥棒でも殺し屋でもないとさっそく理解したらしい。オースチンは両手を下ろしてテッサに向きなおった。

「そうだ」とオースチンは言った。「きみには今晩、別の約束があった。しかし予定というのは変わるものだし、ぼくにはきみの予定が変わるという確信がある。きみは最後にくれたメールで運命のことを書いていたが、運命とは、ぼくらがいっしょになることだと確信してる」

「あなた、まともじゃないわ」とテッサは答えた。「ハミルトンから泳いできたの?」

「まさか。ぼくのヨット〈ルシッド・ドリーム〉は湾内に停泊してる」

「つまり、あなたは無駄な運動をしたってわけね。いままで、わたしの計画には一度も変更がなかった。さあ、すみやかに……」

しゃべっている最中に、テッサのデジタル時計がビープ音を鳴らし、メッセージの着信を知らせて光った。テッサは腕を動かし、小さな画面に流れる文字を読んでいった。

オースチンに画面は見えなかったが、テッサの表情からして、ザバーラがみごとオリヴァー・ウォレンに転進を余儀なくさせたことがわかった。そんな自分の思いが顔色に出ないようにした。

　テッサはメッセージを二度読み、画面をタップして、テンプレートの文言を返信すると物思いに沈んだ。しばらく遠くを見つめていたが、やおらオースチンに向きなおった。

「怒ったらいいのか傷ついたらいいのか、それとも喜んでいいのかわからない。正直、そのどれでもあるわ」

「きみの気持ちについて、一杯やりながら話し合わないか？」

　オースチンは、警備の人間を刺激しないように防水パックに手を伸ばし、そこから冷えたシャンパンのボトルを出した。

　テッサはボトルをじっくり眺めてからオースチンに目をもどした。額には緊張が残り、口角がわずかに上がっていた。

「〝飽くことを知らない者だけが成功する〟」テッサは夕方にオースチンが口にした言葉を引いてみせた。「どうやら、あなたこそ飽くことを知らない人みたいね、ミスター・ハッチャー。わたしとのデートを、どうやってオリヴァー・ウォレンに断念させたのかしら。誰よりも先にビジネスの話がしたいって張り切っていたのよ」

「ぼくはそこには関知していない。それが運命だったんだろう。では……運命に乾杯しようか……ほかにも思いつくことがあれば、それにも」

オースチンはテッサにボトルを差し出した。

「ポル・ロジェ」テッサはボトルをあらためて言った。

「サー・ウィンストン・チャーチルの好物でね。またひとり、飽くことを知らない人間だ」

テッサはボトルとラベルを確かめた。「これは何年のもの?」

「一九四〇年に、チャーチルがイギリスの首相になったのを祝って瓶詰めされた。アイルランド沖に沈んだ難破船から回収したんだ。封はしっかりしてる」

「あなたがこれを回収したの?」

「きみと同じで、ぼくは歴史に興味があるんだ。これまでに何隻かの船をサルベージした。きみと同じで、ぼくは世界を変えることに興味がある。きみとはちがって、裏方でいるほうが好きだ。ぼくらはとてもいいチームを組めそうな気がする」

笑顔が増すと、テッサの唇はよりふくよかに見えた。彼女はぼんやり突っ立っていた警備陣のほうを向いた。「みなさんは下がってけっこうよ」

男たちはうなずいてその場を去った。

「夕食の服装とは言えないわ」

「プールサイドで飲もうか」

「だったら、わたしが着換えないと」

「かまわない。きみは美しい」

「もし泳ぎたくなったら？」

「それはそのとき考えればいい」

一時間後、二万ドルのシャンパンが空き、今度はテッサの個人コレクションの逸品が氷を詰めた銀製のバケットで出された。これはポル・ロジェの一九四〇年ほどの珍品ではないにせよ、値段は遜色がなかった。

すでに話題はビジネスと投資から世界を変えることへと移っていた。

「きみとぼくの違いははっきりしている」とオースチンは言った。「きみは変えることが目的で世界を変えたがってる。ぼくは金を生むという条件付きで変化に興味がある。それこそ唸るほどの金をだ。きみはいま金を稼げてない。さもなければ投資家を探したりはしないだろう」

「もうすぐ」とテッサは言った。「石油の価格が上がり、供給量が落ちて、需要が高まる。それが同時に起きる。そうした要因が複合して、〈ノヴァム・インダストリア〉を世界有数の企業に押しあげていくことになるでしょう。一〇億を投資してくだされば、あなたは一〇年後にその一〇倍を手にするわ」

オースチンはシャンパンを注いだ。「たしかに、そうなれば大金が見込める。しかし、代替エネルギー企業も同じことを言ってる。それでいて、多くが倒産に追い込まれてる。すでに裕福なぼくが、そんな危なっかしい話に乗る意味があるのかな」

「それがわたしたちのやり方なの」

「強欲だな」とオースチンは言った。

すると、テッサは椅子を引いて立ちあがった。「言い訳はしない」とまくしたてた。「褒め言葉のつもりなんだが。強欲がなければ、ぼくらはいまだに暗黒時代を脱け出せずにいるだろう」

オースチンはグラスを置いて立ち、テッサのほうに歩み寄った。「じゃあ、きみのテクノロジーについて教えてくれ。あれは本物なのか、空に浮かぶパイにすぎないのか？」

「技術的な話を、あなたがどこまで理解してくれるかわからないけど」

「試してくれ」オースチンはさらに近づいた。

「まだそんなに酔ってないわ。設計のことは設計契約を結んでから」

「さすがだ」オースチンはさらに身を寄せた。テッサの頬にそっと手をやり、髪を払って口づけた。彼女の唇はシャンパンの味がした。髪はジャスミンの香りだった。

「じゃあ、テクノロジーを見せてくれないなら、きみは何を見せてくれる?」

「初めに泳いでみない?」

28

バミューダ、グレートサウンド

〈ルシッド・ドリーム〉にもどったザバーラは、熱いシャワーを浴びてからトップデッキへ上がった。プリヤは高性能カメラでオースチンの行動を見守っていた。

「やつの調子は？」

「悪くないわ。美女と泳ぐのがその範疇にはいるなら」

「冗談じゃない。こっちがただメシにありつこうとする猫に付きまとわれてるころ、カートは第一容疑者といちゃついてるって。この世に正義もなにもあったもんじゃない」

「わたしとしては、彼が盗聴器を作動させていることを祈るだけ」とプリヤは言った。

「ふたりの会話を聞きたいの」

ザバーラは笑った。「きみに覗き趣味があったとはね」

「ちがうわ。でも、もう何カ月もデートをしてない」

ザバーラはプリヤのことを見つめた。とびきりの可愛さで、月明かりの下で輝きを放っている。「好きでそうしてるんじゃなかったら、ワシントンDCの男たちのほうに問題があるな」

「ありがとう」とプリヤは答えた。「お褒めの言葉として受け取ることにする」

ザバーラは取りあげた双眼鏡をプールに向けた。

オースチンとテッサはプールを出て身体を拭いていた。ローブを羽織ったテッサとトランクス姿のオースチンは、〈モナーク〉の停泊場所につづく大理石の階段へと向かっていった。

「入り江に降りていった」

「裸で泳ぐつもりかしら」

「そうじゃないことを願うよ」

水辺に近づくと、テッサがリモートユニットを使い、飛行機に向けてブリッジを出した。それが機体側面に接続されると、テッサはオースチンを連れてブリッジを渡り、貨物室の扉を開いた。

テッサは機内にはいっていったが、オースチンはその場に残ってドア枠の上に手を走らせ、そして明かりの灯る機体内部に消えていった。

「これからが見どころね」とプリヤが言った。

ザバーラは双眼鏡を下ろした。「良くも悪くも、ここはカートの胸ひとつだ」


「これはみごとな構造だな」オースチンは〈モナーク〉の内部を眺めて言った。「これをきみひとりでデザインしたっていうのは本当なのか？」

「ええ」とテッサは答えた。「驚いた？」

「ぜんぜん」

「もちろん、人の手は借りたけど、基本デザインを思いついて、空気力学的なリサーチは自分でやって、実際の製作にあたっては少人数のエンジニアを雇った。軍用機製造に使われていたポーランドの閉鎖された工場で組み立てたわ」

そのあたりはすでにオースチンも知る事実だった。「なぜまた水陸両用機を？　違いを出すために？」

「なぜヒューズは〈スプルース・グース〉を造ったと思う？」

「彼は大西洋上の物資輸送の大型契約を取ろうとしていた」

「わたしも同じことを考えてるの」とテッサは言った。「地球の三分の一は水で覆われている。田舎には未舗装の滑走路しかない飛行場が多いけど、着水可能な湖はあったりする。その点、〈モナーク〉はたいへん実用的だわ。いずれ世界のリーダーもそのことに気づくでしょう」

ふたりはまず尾翼付近を通り、防水シートを掛けられたボート一隻と車二台の脇を抜けた。全体の形と扁平(へんぺい)タイヤを履いているところから、オースチンは高性能車だと見当をつけた。

「ブガッティ?」

「フェラーリよ。ブガッティはフランスの家に置いてあって、以前はF1のレーシングチームを持ってたの。あなたは? レースをやったことはある?」

「このまえ日本で、トヨタの試作車をつぶしてね。それも数にはいるかな」

「勝った?」

「もちろん。ちょっとズルをして。でも、ズルをしないのは本気じゃないってことだからな」

テッサは本物の笑みを浮かべた。「それには賛成するわ」

最後尾に向けてのツアーは進んだ。一組のジェットスキーとパワーボートがあった。

その先に、油圧式の昇降アームを備えた大きな架台が置かれていた。オースチンはその架台が円形で、またそこに載っていそうなものが見当たらないことに注目せずにはいられなかった。

それに気づかないふりをして目をそらし、後部の貨物扉を見つめた。扉のデザインと蝶番（ちょうつがい）の位置からして、下げて傾斜路（ランプ）のように用いられる構造であることがわかる。扉の内側に取り付けられたベルトコンベアのシステムは、車輛を回収したり水中に投入するためのものだろう。

「ずいぶん工夫された構造だな」とオースチンは言った。「しかも静かだ。補助動力ユニット（ＡＰＵ）の振動音もない。この装置類をどうやって動かすんだ？」

「その答えはおわかりかと思うけど、お見せするわ」

ふたりは機首に向けてミドルデッキを歩いた。機体が狭くなっていき、やがてオレンジ色のストライプを入れた、グレイの金属製ボックスが複数配置された場所に行き着いた。

「これが燃料電池よ」とテッサが説明をした。「このサイズの航空機だと電気、空気圧、油圧の制御に必要な電力を供給する専用のＡＰＵを搭載する。これは小さなシステムではないわ。典型的な７４７の場合、ＡＰＵは二〇〇〇馬力を発生する。〈モナーク〉だと飛行制御面も大きいし、機体の底には海洋生物が付着しないようにする電極もあるから、実際に747より大きな電力が必要になる」

「で、それをこの小さな電池二個でまかなうのか？」

テッサはうなずいた。「ここで必要な分とほかにもね。ご自分で確かめて」

オースチンはガラスのスクリーンを眺めた。そこに記された情報によると、燃料電池は現在六〇パーセントの能力で稼働して、小さな町に明かりをもたらすだけの電気を作り出しているらしい。

「これは高密度ユニット」とテッサは言った。「セミトラックが積むディーゼルエンジンの代替品として開発されている。もっと小型にしたものが高級車に使われることになるでしょう。でもトラック産業に手を突っ込めば、わたしたちは儲かる。アメリカだけで一五〇〇万台を超えるトラックが走っているし、そのうち三〇〇万台がトラクター・トレイラーだから。うるさくて煙を吐きちらすトラックが数百万台も消えたら、燃料の節約になるし、大気汚染と騒音公害も減る。しかも、これはひとつのマーケットにすぎない。二〇年後、産業界ではすべての石炭火力発電所とガス火力発電所の大半が、それとあらゆる内燃機関が燃料電池に取って代わられるはず」

テッサの口調は売り込みモードにもどっていた。オースチンは財政上の可能性を考慮する顔をしながら、その実、燃料電池のスクリーンに映る図式に見入っていた。それはザバーラが描いた回路図とよく似ていた。

彼はテッサを振りかえった。「いいかい、ぼくに投資できるのは約五億ドル——半分は自分の、半分は両親の金だ。その全額をきみが手にするとは言わないが、この話がうまく運ぶというなら、独占契約を条件にこちらの資金の大部分を提供してもいいと思ってる」

いまやテッサは自信に満ち、狭い空間を照らす光を受けてまばゆく輝いていた。

「かならずうまくいくから」

テッサの電話が鳴った。彼女がローブのポケットに手を入れると、オースチンも水着のキーポケットを探り、防水の盗聴器を握った。それを仕掛ける最高のタイミングを待つつもりだった。

〈お邪魔をしてすみませんが、ミズ・フランコ、来客がお越しです〉

「オリヴァー・ウォレンなら、もう遅いって伝えて」

〈ミスター・フォルケ、ミスター・イエーツ、ミスター・ミラードです〉と警備主任が言った。〈ボートで向かっておられます〉

「取りこんでるからと言って」

〈そう申しあげたんですが、ミスター・フォルケがどうしてもお会いしたいと。緊急の用件だとか。ミスター・イェーツもやはりお話があると〉

オースチンは彼女に逃げ道をあたえた。「仕事かな」

「そのようね」テッサはふっと息を洩らした。「着いたらここに来させて」と警備員に言った。「〈モナーク〉で会うから」

オースチンがテッサの腕を取ると、テッサはロワーデッキの扉までオースチンを導いた。ふたりはその場でたたずんだ。オースチンは彼女を引き寄せ、最後に飛行機に見惚(みと)れたように視線を走らせた。そして、空いた手で機体の曲線を描く部分に盗聴器を仕掛けた。

「きみから連絡が来るのを待ってる」とささやきかけ、扉を出ていった。

29

メキシコ湾

ポール・トラウトは〈ラリー〉が搭載していたランチの舵輪を握っていた。天板のない救命艇を高出力化したこのボートで、ポールはガメーとふたり、暖かなメキシコ湾を北上していた。

「見送りが少なかったね」ポールは、すでに一〇マイル近く離れた〈ラリー〉の灯を振りかえって言った。

「誰にも言わずに、こっそり真夜中に脱け出したんだからそんなものでしょう」とガメーが応じた。

それは全くの真実とはいえない。船長と副船長、ふたりの出発を見送った第三直の数名だけはこのことを知っていた。オースチンとザバーラがフロリダで襲われて以降、トラウト夫妻は危ない橋を渡らないことに決めていたのだ。

土壌とバクテリアを納めた七個の容器をランチに持ち込み、めざすニューオーリンズで標本を大統領選任の科学者グループに引き渡す予定だった。科学者たちは研究のうえ、このバクテリアの死滅、中和、もしくは封じ込めの効果的方法を模索することになっている。

「その科学者たち、わたしたちが行くって知ってるのかしら？」とガメーが訊ねた。

「港にはいったら、こっちから連絡することになってる」とポールは言った。「ぼくらがサンプルを運んでるって、誰にも知られたくなかったんだ」

ガメーはうなずいた。「そうすると、容器をチェックしといたほうがよさそうね。バクテリアは思った以上にガスを出しているし、爆発はごめんだから。容器内の圧力が高まりすぎると危ないわ」

ポールの傍らを離れたガメーは、短い階段を経て船首にあるキャビンへと向かった。船底まで降りると明かりを点け、シートをめくってみて思わず後ずさった。

「デリック」とガメーは声をあげた。「ここで何をしてるの？」

男はすかさず立ちあがった。「騒ぐな」とざらついた低声で命じた。片手に拳銃が、反対の手には無線があった。銃はガメーに向けられている。これは違えようのないメッセージだった。

男は無線を口もとに持っていった。「プラウラー、こちらレイノルズ。来てもらったほうがよさそうだ。やつらに見つかった」

無線の応答はガメーの耳にも届いた。〈そっちとはまだ距離がある。現在の針路を維持しろ。あと三マイルで捕まえる〉

「あなたは誰の下で働いているの？」とガメーが言った。

「黙れと言っただろう！」レイノルズは頭ごなしに返した。「ポールが降りてきたら、ふたりそろって殺すことになるが、それはしたくない」

このやりとりがポールの耳にはいらないことは、ガメーにもわかっていた。外のデッキ上では風の音とエンジンの響きで、大声を出さないかぎりはかき消されてしまう。

「何をたくらんでるのか知らないけど、あなたは大きな間違いを犯してるわ」

「夜中にこそこそ逃げ出せると思うほうが間違ってる。こいつを持ち出すとはな……」レイノルズはめくったシートを脇へ放り、他の容器もあらわにした。

「それは石油プラットフォームの下の土壌サンプルよ」

「そんなことはわかってる。おまえたちが医療センターで、沈殿物に化学物質や何やらを添加したこともな。私はちゃんと目撃したんだ。その実験で、じっさいに爆発を起こした音も聞いた」

「何の話をしているの？　わたしたちは何ひとつ添加してないわ。ただ標本を調べていただけ」

「おまえたちは中身を改竄して、石油会社以外に責任を転嫁しようとしてる」

ガメーはレイノルズの目をまっすぐ覗きこんだ。そこには常軌を逸したものがあった。顔は紅潮している。ガメーは相手の動揺とともに、信念に突き動かされた怒りを見て取ったが、無線の声ははるかに落ち着いていた。「誰と話してるの？」

「質問はやめろ」

「あなたは環境保全主義者でしょう？」

「もちろんだ」

「わたしも環境保全主義者よ。海洋投棄と掘削制限により厳しい規制を掛ける法律について、議会で証言したことがあるの。大学時代には、駐車場のために伐採されないように、自分の身体を木に縛りつけて必死に抵抗したこともあった。だから、あなたの気持ちはわかるけれど――」

レイノルズはそれをさえぎった。「リグを動かしてた連中の過失を、環境保護主義者の過激な一派だかなんだかのせいにさせるわけにはいかない。私はおまえたちが船長に爆発の話をするのを聞いた。それでそっちの手が読めた。われわれにはすべてお見通しなんだ。石油大手も大きな政府も似たり寄ったりだ」

「われわれ？　あなたは誰と組んでいるの？」

「これをどうにかしたいと願うグループだ」

そのとき、ポールが階段の上から声をかけてきた。「そっちは順調か？」

銃がわずかに上を向いた。

ガメーはドアのほうに首をかしげて叫びかえした。「問題ないわ、ハニー。もうちょっとしたら上がる」

ガメーには、これまでポールに〝ハニー〟と呼びかけた記憶がなかった。そんな言葉が口をついて出たことに、夫が異変を感じてくれたらと思った。

「たんなる確認さ」とポールが穏やかに言った。

レイノルズは緊張を募らせて銃を握り、顔の汗を拭いながらガメーと、ポールが駆け降りてくるかもしれない階段の両方を警戒していた。

なにも起きなかった。

「それで、あなたはここで何をするつもり？」しばらくしてガメーは訊ねた。

「標本を友人たちに渡す」

「それから？」

「友人たちが真実を公表する」

「わたしたちのことはどうするの？」

そこまで考えていなかったのか、レイノルズは口をつぐんだ。「彼らが求めているのはおまえたちじゃない。証拠だ」

どうやらレイノルズは誰かに操られている。かといって危険であることには変わりない。

ふたたびポールが呼びかけてきた。「上がってきてくれないか。水平線に不気味な灯が見えるんだ」

ガメーはレイノルズのことを見つめた。「あなたの友人たちが来たらしいわ。心を入れ換えて、正しいことをする最後のチャンスよ」

「私は正しいことをやってる。さあ、上がれ」

ガメーは振り向いてドアを押していった。

「ゆっくりだ」とレイノルズはささやいた。

ガメーは命じられたとおり、キャビンから階段に通じるドアを開き、足を踏みしめるように昇っていった。レイノルズは銃を手に、危険はないかと目を走らせながら後につづいた。

ポールは待ち構えていなかった。相変わらず舵を取っていた。だがガメーが最上段に達したとたん、彼は思い切り舵を切り、ボートは勢いよく左舷に向いた。

バランスをくずして倒れたガメーは、デッキ上を滑っていった。

まだ階段の途中にいたレイノルズは壁に叩きつけられた。それでもかろうじて拳銃を握りなおし、身を起こそうとした。

ポールが間髪を入れず舵輪を反転させ、ボートは激しく右に転じた。

レイノルズは逆に振られて反対の壁に激突した。この衝撃で手からこぼれ落ちた銃が暴発し、一発が壁を穿った。

起きあがって銃に飛びつこうとしたレイノルズの顔にガメーの靴がヒットして、レイノルズの身体は飛んでキャビンまで逆戻りした。立ちあがろうとしたときには、ガメーが拾った銃を構えていた。

「床に伏せて」ガメーは声をあげた。「両手をできるだけ前に伸ばして」

レイノルズがそれに従うのを見て、彼女はポールに向かって叫んだ。「よくやったわ、ハニー。一瞬、聞こえなかったのかと思った」

「まだ晴れて自由の身じゃないぞ」ポールが叫びかえしてきた。「さっき話した灯は本物だった。ボート二隻が接近中、一隻が後ろに付いた」

30

　ポールは舵を取りつづけ、ガメーがレイノルズを縛りあげた。

「ぼくらの友人の身柄を確保したんだな」ポールは姿を見せた妻に言った。

「手足をしっかり縛めてあるから、もうどこにも行けないわ。でも、あとでチェックしないとね」

「そこまで長生きができればの話さ。ぼくらはいま三角形の真ん中に囲われてる。一隻が左舷船首側で一隻が右舷船首、で、もう一隻が後ろから忍び寄ってくる」

　船尾に三隻めのライトを認めたガメーはポールに向きなおった。「助けは呼んでみた？」

　ポールは海上無線のボリュームを上げた。どの周波数も、不明瞭な電子音だけが唸っていた。「あらゆる周波数帯に妨害電波が流されてる」

「ほかに選択肢は？」

「ここは〈ラリー〉と陸地のおよそ中間地点だ。いまぼくらが行方不明になったら、誰にも真相はわからずじまいだ。でも陸に近づけば、他の船と出会う確率は高くなる。海岸から数マイルの位置なら携帯もつながるはずだ。むこうも妨害はできない。それに、堡礁島もある」

ポールは海図を指した。メキシコ湾の海岸線の形状を映したような、細長い島々があった。最寄りの島までは五マイル。「そこの浅瀬に隠れるか、なんなら上陸する。選べる余地はまだあるってことさ」

「島に行きましょう」とガメーは言った。

ポールがスロットルを前に倒していくと、ランチは驚くほどのパワーで突進した。〈ラリー〉の乗組員がエンジンをチューンして調速機をはずし、そのうえいくつかの技を発揮して出力を上げていたのだ。

ランチが楽にスピードを出していくと、やがて前方の灯が散開しはじめた。これは相手が遠ざかったのではなく、速度の上昇によって進入角度が変化したからである。それも長くはつづかなかった。「ついてくる」とガメーは言った。

ポールはスロットルをフルのまま固定した。さらに速度を増したランチは三角波でバウンドするようになった。着水するたびに船首から水しぶきが掛かり、風防があったにもかかわらず、じきにふたりはずぶ濡れになった。

二隻のボートが急旋回したが、〈ラリー〉のランチの速さに針路をさえぎることもできず、三隻はすぐに並走する形となった。

「おとなしいパワーボートね」とガメーは言った。

「小型で高速だけど、こっちには強烈なパンチがある。つかまれ」

ポールは面舵を切って二隻の近いほうにランチを寄せ、相手の舷側をかすめた。

両者とも弾かれる格好になったが、受けた影響は小型のほうが大きかった。船首が横ざまに浮きあがった。その体勢のまま着水して何回も横転すると後方の闇に呑まれた。

「ワンアウト」とガメーが言った。「おみごと」

ポールは笑いたくなるのをこらえ、近づいていた二隻めのボートに同じ戦術を試みた。こちらの舵手の反応は速かった。距離を離して速度を落とし、追跡する位置にもどった。

「呑み込みが早いぞ」

そのボートが後退していくと、あとは前方の針路に集中するだけだった。ポールは舵を多少振りながらも、至近の堡礁島を一直線にめざしていった。

「つぎに何が来るかわかってるわね」ガメーはそう言って身をかがめ、追ってくるスピードボートとの間に遮蔽物を置くようにした。

後ろのボートから放たれた小火器の閃光が、暗闇のなかでくっきり見えた。銃弾はそうはいかない。頭上や脇をかすめ飛んでいった。命中すれば死は避けられない。

しゃがみこんだポールは、ランチを若干蛇行させながらも最短距離の針路を維持した。舵を切るたびにスピードは落ち、進む距離も延びていく。

ポールが回避行動を取る一方で、ガメーはランチの船尾に這っていこうとした。

「どこへ行く？」

「デリックの銃があるから、わたしの射撃技術を試したいの」

船尾まで行ったガメーはトランサムに身を寄せた。そこから顔を出し、スピードボートの船首に照準を合わせるとおたがいの揺れを測りながら、大きな水しぶきが散るのを待って何発か発砲してみた。

「当たった？」ポールがまた舵を切りながら叫んだ。

「はっきりしない。むこうは動いてるし、あなたがしょっちゅう向きを変えるから狙いが定まらないの」

「とりあえず、むこうも同じ悩みを抱えてる」

「わたしが合図したら、二秒間だけじっとして」

「やってみる」

これが双方にとって危険なプランであるのは、飛んできた数発にプラスティック製の風防が粉々にされたことで明白になったが、それでもガメーは自分の射撃技術を信じていた。

救命胴衣をトランサムの上に置き、その上から両腕を伸ばした。

「準備はいいか?」とポールが叫んだ。

「もうすこし」ガメーは相手のボートが近づくのを待った。「いいわ!」

ポールがランチを直進させるのに乗じて、ガメーは息を吐くとくりかえし引き金をひいた。自動拳銃が反動を起こし、薬室に送りこんだ新しい銃弾を瞬く間に放った。

ガメーはその数秒間で、暗中に向けて八発を撃っていた。

応射を避けようとトランサムの裏に引っこむと同時に、ポールがふたたび舵を切った。

顔をのぞかせてみると、追っ手は針路からはずれかけていた。命中したのが物なのか人なのかわからないまま、ボートは闇に消えていった。

「ツーアウト」

弾倉を調べているあいだに三隻めが接近していた。弾の残りはたった五発、新手はなんの問題も抱えていないようだった。「むこうは兄貴分を送りこんできたみたい」

姿は確認できないが、エンジン音からしてまえの二隻より強力な船らしい。「とにかく、むこうはこっちよりでかくて速いぞ」とポールが言った。

振り切るどころか、最初のボートにやったような体当たりもできそうにない。しかも相手の舵手は手練れのようだった。波を越える際にスロットルを正確に絞っているのが、音を聞いていてわかるのだ。そのせいでブレることがない船首には、三脚上に高性能銃が据えられていた。

「回って!」とガメーは叫んだ。

ポールがランチの針路を変えたとたん、水上に赤い曳光弾が尾を曳いた。一度に五発放たれた銃弾は、一発でも当たればファイバーグラス製のランチを破壊する。

「五〇口径らしい」とポールは言った。「いまさらどうにもならないけど」

「いま大事なのは避けることよ」とガメーは叫んだ。

ポールは必死の操作をおこなったが、新たな敵はどんな動きにも迷わず付いてくる。

三度めの針路変更をかけたとき、五〇口径の連射でランチにつぎつぎ弾が命中した。ファイバーグラスの破片が飛散し、フックから吹き飛ばされた救命浮輪が宙を舞った。

ガメーは着ていたウィンドブレイカーに弾がかすめたような感覚を受けたが、さいわい彼女も夫もエンジンも直接被弾はしていなかった。

「島が近づいてきた」とポールは言った。「浅瀬で引き離せるかもしれない」

「いいことを思いついた。目についた岩場に向かって」

回避行動をつづけながら、ポールはなんとか予測のつかない動きを取ろうとした。さらに二度、五〇口径が夜を染めたが、どちらの銃撃も標的から大きくそれた。

一方、ガメーはキャビンに駆け降り、細菌培養物を収めた重い鋼製の容器二個を運び出した。

船尾まで行くと、そのタンクをトランサムに置いた。「まっすぐ島に向かって！」

「向かってる！」

「ぎりぎりで旋回して！」

「了解。一〇秒だ」

ふたたび接近したスピードボートが直後に迫り、機関銃を構えた男に格好のお膳立(ぜんだ)てをした。

「ポール！」

「待った」

「待てない」

機関銃が火を噴いた。ガメーが身をすくめた瞬間、トランサムからファイバーグラスが飛んだ。その長い破片が肌に刺さり、腕に鋭い痛みが走った。ガメーは顔をしかめながら容器を押さえていた。

「いまだ！」とポールが声をあげた。

ガメーは二個のタンクの弁を開くと、トランサムの上から一個を左へ、一個を右へ落とした。それらが海に落ちた瞬間、ポールは舵を切った。

洩れ出したガスが反応して、ランチの背後に火の手がふたつ上がった。爆発は起きなかった。追跡してくるボートをファイアストームで焦がすでもなく、引火して船体を吹き飛ばすでもなく、ただ不可思議な色彩の炎で相手を眩惑した。

追っ手のボートの舵手は冷静に対処した。双方の火を避け、その間を抜けた。火の反対側に出たときには夜目が利かなくなっていた。島の姿を認めたときにはもう遅かった。

時速四〇マイルで岸辺に乗りあげたボートは船底を削り、船外機のタンクは破裂して、乗組員は船体の一部もろとも浜に投げ出された。

ポールとガメーを乗せた〈ラリー〉のランチは持ちこたえていた。旋回しながら船底を砂に擦りつけたが、それ以外は無傷のまま闇を切り裂いていた。

　ふたりは堡礁島を離れ、本土をめざした。数分が過ぎて追っ手の気配も消えると、ようやく息をついた。

「どうやら逃げ切れたらしい」とポールが言った。ガメーは携帯電話を出してシグナルを探した。

「だといいけど。早く圏内にはいって沿岸警備隊を呼びましょう」

31

バミューダ、グレートサウンド

オースチンは、一九六三年製のリーヴァ・トライトーン・スポーツボートで〈ルシッド・ドリーム〉にもどることになった。完璧にレストアされたこの船は、いってみれば芸術作品だった。船体の磨きあげた板材が月明かりに光り輝いていた。パウダーブルーに染められたレザーシートは、ダッシュボードや風防まわりのクロームのトリムと対をなす。

くつろいで、微風とエンジンの響きを楽しんでいる後ろでは、短い竿の先でバミューダの旗がなびいていた。元来、冒険こそ我がスタイルであるだけに、富裕層の特権には焦がれることのないオースチンだが、たとえばリーヴァのようなクラシックなパワーボートを所有するのもまんざらでもないと思ったりする。

送り届けてくれたのは、タックルを掛けてこようとした当の警備員だった。オースチンはヨットに移りしな、海の運転手に敬礼をした。返礼は来なかったが相手を責める気もなかった。

船尾の階段をトップデッキまで昇っていくと、ザバーラとプリヤが二匹のチェシャ猫かとばかりににやついていた。

ザバーラが時計をたたいてみせた。「門限はとっくに過ぎてるぞ、若いの」

「彼のことは無視して」とプリヤが言った。「どうだった？　それから詳細は省かずに」

「作戦は……最悪じゃなかった」

プリヤは怪訝(けげん)な顔をした。「最悪じゃなかった？　ロマンティックね。女性なら、誰だってそう言われたいけど」

オースチンは声に出して笑った。「紳士であろうと努めただけさ」

「遅すぎる」とザバーラが言った。「おれたちは全部見たからな。思ったよりずっとこなれてたけど、それで学んだことは？」

「テッサは強固な意志を持った女性だ。しかも、飛行機にはダイブギアと酸素ボンベ、あとは例の水中飛行物体のサイズや形にぴったりの保管用架台が積んであった」

「テッサの企業戦略は、石油価格の上昇に大きく依存してるようだ。で、彼女の押しの強さからすると、まだ上昇のスピードは足りないのかもしれないな」

「おれたちにうってつけの野郎じゃないか」とザバーラは言った。「といっても女性だけど……要するに被告人だ……しかし状況証拠でしかないが」

「そうなんだ。たとえそうじゃなくても、まだ解明すべきことはある。ほかにもプレイヤーがいるはずだ。そいつらの正体と、ここにどう関係してくるのかを知りたい。まずは割りこんできたフォルケ、ミラード、イェーツの三人組だ」

「何者かしら?」とプリヤが言った。

「わからない。だが、ぼくと入れ違いに到着して——申し分のない一夜を台無しにしてくれた」

プリヤはラップトップをたたきはじめた。「その名前と、これまで知られているテッサの交友関係を照らし合わせてみる。ミラード、フォルケ、イェーツという名の人物がテッサや彼女の会社と関わりがあれば突きとめられるはず」

「面白い」とザバーラ。

「ほかには?」とプリヤが訊いた。

一分も経過しなかった。

「フォルケという人物とはリンクがない」とプリヤは言った。「でもイェーツは出てくる。ブライアン・イェーツ。エンジニア。彼女の開発チームのリーダー。燃料電池プロジェクトの主任設計者みたい」

ザバーラが相づちを打った。「会議の会場で、レターヘッドにその名前を見たよ。テッサの投資家グループからの質問を受ける場にいた。あんたが邪魔しなかったグループの」

「ミラードは?」とオースチンは訊ねた。

プリヤは検索にもどった。今度はすこし時間を要した。「パスカル・ミラード。フランス人科学者。遺伝子工学者。主な分野は細菌の品種改良」

オースチンは眉を上げげた。「テッサと何の関係があるんだ?」

プリヤはその先を読んでいった。「彼は科学的役割を担ってフランス軍、その後は文民政府で働いた。数年まえ、テッサが奨学金を通じて支援したプロジェクトで関わりが出来た。その直後にトラブルがあったみたいで、フランス科学アカデミーから問責されて。その結果、懲戒処分となって政府での地位も追われた」

「何をやらかした?」

いくつかの記事に目を通したのち、プリヤは首を振った。「詳細はなにも。フランスを離れてマルティニークへ行き、四年まえにバミューダに居を構えた」

「テクノロジー企業が、遺伝子工学者に何を求めるって？」とザバーラが訊いた。

「理屈に合わないな」とオースチンは言った。「しかしガメーの報告によれば、彼女とポールは〈アルファスター〉の下の堆積物のなかから、未確認の細菌株を発見した。ふたりはそれが有毒な爆発性ガスの発生源なんじゃないかと考えてる」

「追跡が熱を帯びてきたみたい」

「ああ、そうだ」

湾のむこうで、テッサの屋敷を照らしていた灯が落ちた。オースチンは双眼鏡で敷地を走査した。屋根のない漁船が出発しようとしていた。オースチンがリーヴァで去るときにすれちがったのと同じ船だった。男数人の姿が見えた。「ミラードの写真はあるかな？」

プリヤが何回かキーをたたいてから、コンピュータをオースチンとザバーラのほうに向けた。画面に五十代後半の地味な風貌の男が映っていた。まばらな白髪に細い肩。縁のない眼鏡をかけている。

オースチンは同一人物だと確信した。双眼鏡をザバーラに渡した。「どう思う？」

「ミラードに似てる。すこし痩せてるけど本人だね。イエーツの姿は見えないけど、いまはあの遺伝子工学者にがぜん注目が集まってるわけだ」

「ご明察だ」とオースチンは言った。「やつらの行先を確かめよう」

32

ヨットのロワーデッキまで降りたオースチンとザバーラは、〈ボート格納庫〉と記された区画にはいっていった。その片側にジェットスキーが二台置かれ、反対側には攻撃的なデザインのパワーボートがあった。

「パヴァティ24か」とザバーラは言った。「普通は水上スキーとかウェイクボードを牽引するんだけどな。競技会で見たことがあるよ」

オースチンはうなずきながらそのボディを眺めた。なだらかな流線形ではない角張った外見をもち、幅広で三つに分かれた船首は、設計者自らが〝ピクルスフォーク〟と称しているものだ。船体は赤とシルバーのレーシングパターンに塗られ、カーボンファイバー製パネルが見た目と補強の目的であしらわれていた。

「ギアは載ってるのか？　むこうが潜る気なら付きあわないとな」

「けさ、何から何まで積んでおいた」とザバーラは答えた。「全部新作だ」

「新作？」

「いまデザインの改良中でね。気に入ってもらえると思うけど」

オースチンは相棒のたくらみを読めずにいたが、それは先々の楽しみに取っておくことにした。「おいおい聞かせてもらうよ」

ふたりは水上に押し出したボートに乗り、エンジンをかけた。

離れかけたヨットのトップデッキから声がかかった。「邪魔するつもりはないんだけど、おふたりが留守のあいだ、わたしはどうしたらいい？」

「無線で連絡を取りあおう」とオースチンは言った。「それとミラード、テッサ、〈モナーク〉について、さらに調べを進めてくれ。あの飛行機がどこに飛んだのか、その飛行先を干上がった油井の地図と較べてみたいんだ」

「暇つぶしの仕事っていう気もするけど」とプリヤが言った。「ベストを尽くすわ」

「成果を期待してる」

ザバーラがスロットルを押すとパヴァティは飛び出し、ヨットを後に加速していった。オースチンは操縦をザバーラに任せて船首へ行き、双眼鏡を暗視スコープに取り換えた。「標的は一マイル先だ」

「距離を詰めようか？」

オースチンは首を振った。「力は節約しておこう。むこうはのんびりやってるみたいだから」

「なんだよ」ザバーラはスロットルをもどした。

「夜が明けないうちに、そのスロットルをいじるチャンスが来るような予感がする。いまはむこうが尾行を警戒してる場合にそなえて、離れてすこし東へ針路を取ってくれ」

ザバーラはわずかに角度をつけて距離を離したが、漁船のほうはそのままグレートサウンドの湾口に向かっていた。「あのまま行ったら、残るは大西洋だけだ」

漁船は針路を保ち、バミューダ島本体の西端にあたるスパニッシュ・ポイントを過ぎた。そこから北東に転針して、バミューダ北岸と平行に進んでいった。

ザバーラもそれに従った。

「ずいぶん行くな」とオースチンは言った。「どんどん外に出ようとしてる」

「こっちは浅瀬を行こう」とザバーラが応じた。「そのほうが見つかりにくい」

オースチンはうなずいて席にもたれた。しばらくは遊覧クルーズの按配(あんばい)だった。右側に見える島の長く低い海岸線には、家やホテルや車の灯が点々としていた。漁船はというと、漆黒の闇を背景に浮かびあがるようで、追跡するのは造作もなかった。少なくとも、不意に明かりが消えるまでは。

「ステルスモードにはいったぞ」とザバーラが言った。

半身を起こしたオースチンはスコープに目を当て、船がかならず後方に残していく証拠を探した。その白い泡を見つけて追ったものの、これもほんの数秒で消えた。

「おかしい」

「どうした？」

「航跡がいきなり途切れた。だんだんじゃなく、急に消えたんだ」

視界をひろげてみて、オースチンはその理由を覚った。「船の背後に隠れた。闇にまぎれて、あそこに貨物船が停泊している」

オースチンはスコープを置き、無線でヨットを呼び出した。「プリヤ、カートだ、聞こえるか？」

〈どうぞ、カート〉

「いつも利用してる船舶自動識別装置追跡サービスを呼び出してもらいたい。われらが友人が、島の北に投錨してる中型貨物船に合流した。この貨物船の身元と所有者を知りたい」

〈待って〉とプリヤが応じた。〈ごめんなさい、そのあたりにＡＩＳのシグナルがな

いわ。その船はＩＤを発信せずに運航している〉

「べつに驚かないけどね」とザバーラが言った。

オースチンは貨物船を暗視スコープで監視しつづけた。漁船はその陰に隠れたままだった。「投錨してる場所を探ろう。おまえの特製ダイブスーツをテストする時が来た」

33

パヴァティを浅瀬に固定すると、ザバーラは収納ロッカーからウェットスーツ二着、リブリーザー二基とヘルメット二個を取り出した。

「新作か」とオースチンは言った。「冗談じゃなかったんだな」

標準のギアとは似ても似つかないものだった。ウェットスーツには畝があり、腿と臀部とふくらはぎの部分にパッドを入れ、ウェイトベルトの代わりにバッテリーパックを装着する。

リブリーザーはスリムかつコンパクトで、その上からウィンドブレーカーを着ても気づかれないような平たい形状である。ヘルメットの両側には、小型車のミラーにも似た奇妙な突起が出ていた。

オースチンは先にウェットスーツを取りあげた。「スーパーヒーローのボディアーマーみたいだな」

「こいつを着てスーパーヒーローばりに泳ぐのさ」とザバーラは言った。「畝とパッドがはいった部分に、パワーアシスト・モジュールと人工筋肉が仕込んである」

「人工筋肉？」

ザバーラはうなずいた。「去年出会ったあのロボット工場に着想を得てね。スクリューを使ったごつい推進ユニットの代わりに、ダイバーの泳ぐ動作を強化すればいいんじゃないかと思いついた。それを実現するのに、電流が通ると筋肉みたいに伸び縮みする素材をネオプレンに埋めこんだ。スイッチを入れたらスーツは勝手にキックをはじめるから、あとは腕に付けた小型のタッチスクリーンでペースを設定するだけさ」

「速度はどのくらい出る？」

「このスーツだと、世界記録の倍の速さかな。しかも強いんだ。四ノットの海流でテストしたんだけど、ダイバーは汗ひとつかかずに二マイル泳いだ」

「激流のなかを二マイルね。そんな仕事を引き受ける間抜けは誰なんだ？」

ザバーラは自分を指さした。「先見の明を持つ設計者には問題が立ちふさがる。そいつを証明してみせるまでは誰も信じてくれない」

「だんだんテッサに似てきたな」オースチンはそう言いながら、ザバーラからヘルメットを受け取った。「で、このヘルメットはどうなんだ？　バック・ロジャースとフォルクスワーゲン・ビートルを掛けあわせたみたいに見える」

　そのコメントに、ザバーラは傷ついたふりをした。「形態は機能に従うのさ。このヘルメットをかぶれば、暗く澱みきった水中でもイルカみたいに目が利くんだ」

　オースチンはあらためてそのヘルメットを眺めた。右側にある付属品が、左側のものと微妙に異なっていることに気づいた。「一方でサウンドバーストを発して、一方で反射してくる音を聞くのか」

　ザバーラはうなずいた。「夜のダイビングにはどんな問題が付きまとう？　背後から何かが迫ってくるんじゃないかっていう気味悪さは別にして」

「視界だな」

「そう。強力なライトがないとろくに見えない。あったとしても、キャンプファイアの蛾みたいに海洋生物が群がってきたりする。しかも今夜のダイブなんかだと、まったく別物の注目を集めたいんじゃなければライトは使えない」

「そのとおりだ。しかし、イルカみたいにピン音やクリック音を聞き分けろと言われても困るな」

「あんたの弱い脳みそに限界があることは承知してるよ」とザバーラは言った。「このシステムは目の前のエリアを絶えず捕捉する、音波ビームによるスキャニングを採用してる。エミッターは一〇種類の周波数を同時に使う。レシーバーが反射してきた音波を拾うと、それをハイアラムとプリヤが開発したプログラムに送って、ヘルメットのガラスに3D画像が映し出されるわけだ。いまはまだモノクロで、白黒の世界を泳いでる気分になると思うけど、これがまたすごいのさ。自分で言うのもなんだけど」

「早く試してみたいね。それとリブリーザーは？」

「たんに小型化したものに強力なフィルターを取り付けたもので、フィルターが汚れたりポンプが壊れたときの予備のエアタンクもはいってる」

オースチンはギアを着けはじめていた。「これまで以上の傑作だな。じゃあ、こいつでやってみよう」

水にはいると、オースチンはすぐにソナーシステムを作動させた。ボートの下から、背中を下にして深く潜った。ソナーの音は耳のなかで静かに鳴っていたが、耳障りというほどではない。目の前のガラスに映る詳細な画像は驚くべきものだった。スクリューの継ぎ目や溶接部が、何かが当たったと思われるへこみまで――二〇フィート離れた場所から見えるのだ。

唯一問題があるとすれば、ソナー波がさえぎられて反応やビデオ投影が遅れると、画像に影が出て不鮮明になってしまうことだった。

光波を通して、視界にあるものを瞬時に知覚することに馴れている人間の脳には、頭を左右に振ったときのソナーシステムの反応の遅れは顕著で、方向感覚を失わせるようなところがある。「このタイムラグには馴れが必要だな」

インターコムからザバーラの応答が聞こえた。「そこはまだ未完成でね。頭をやたら動かしたり、いきなり振ったりしないほうがいい。テストダイバーのひとりが、それで吐き気をもよおした」

「おまえか?」

「さっきも言ったけど、手助けを得るのはたいへんなんだ。準備は?」

オースチンはうなずいた。

「内蔵のナビゲーションシステムを使って、針路を〇-二-五に設定する。それで貨物船までまっすぐ連れていってくれる」

オースチンは前腕にあるディスプレイを見て航法ボタンを押し、025［セット］と打ち込んだ。ヘルメットのガラスにコンパスが表示された。

身体を沈めて表示の025が正面に来るまで旋回すると、最初はパワーアシスト・

モジュールをオンにして遠泳を開始した。

いきなりブーストが掛かった。見た目以上に速く動いている歩く歩道に足を乗せた感覚である。これにもまた馴れが必要だった。リズミカルに脚を締めたり緩めたりするウェットスーツの動きも、じきに自然な感じに落ち着いてきた。

「こいつは加圧マッサージみたいだな。いままで誰も思いつかなかったなんて信じられない」

「天才の頭脳はみんなが持ってるわけじゃない」とザバーラは答えた。「バッテリーレベルから目を離すなよ。駆動時間はフルアシストで一時間、半分の力で一〇分の余裕が出来る」

オースチンが腕のディスプレイに目をやると、パワーレベルは九七パーセントだった。残りの旅は静かに進行していき、やがてヘルメットに搭載されたGPSが貨物船に近づいたことを告げた。

「ソナーを最大レンジに設定」とオースチンは言った。この変更により、中型貨物船の船体が視界にはいった。

「船の下をくぐってむこう側に出よう。あのスクリューが回りだした場合にそなえて船首のほうへ進む」

「理にかなった計画だな」とザバーラが返した。

ふたりはさらに深く、フジツボに覆われた船体の下を泳いで船首に向かった。そこで船がブイに繋がれているのを発見した。

水深三〇フィートで錨索を過ぎるときに、真上ですさまじい物音が響いた。

顔を上げたオースチンに向かって、白濁した泡の壁を抜けた巨大な円筒状の物体が沈んできた。それを避けようと激しく足を蹴ったが、物体はオースチンのいる深さまでは来なかった。沈下する速度が落ちて逆に上がっていき、川に浮かぶ丸太さながら海面に浮いた。

その衝撃による泡と乱流が消えていくと、円筒の後端に八本の対になったタイヤが見えた。タイヤの位置と反対の端に大きなバルブ、ごついカップリング、スタンドと来れば、もはや一目瞭然だった。

「タンクローリーだ」

ザバーラがそばまで泳いできた。「まさか海の真ん中で、トラックが頭から降ってくるとはね」

「不思議な点に気づいたか？」

「海でトラックよりも不思議なこと？　とくにない」

「あれは八トンの金属の塊りだ。そいつが浮いてる」

「空なのさ」

オースチンはうなずいた。

そのうちに離れた場所でも飛沫(ひまつ)が上がった。さっきよりも小さくおとなしいものだった。

「ダイバーだ」とザバーラは言った。「大西洋のほんの一角で人込みが出来はじめた」

浮かんだトラックの周囲にダイバーたちが蝟集(いしゅう)すると、その場はいままでなかった暖かな色合いに染まった。

「ここで見つかる気にはならないな」とオースチンは言った。「ブイまで泳ごう。あそこに隠れて、この顚末(てんまつ)を最前列で楽しもう」

34

バミューダ北岸沖三マイル
貨物船〈モルガナ〉

〈モルガナ〉の手すり越しに、フォルケが水中の男たちに指示を叫んでいた。「おまえら、死ぬ気か？　もどれ、馬鹿者！　トラックと船の間でつぶされるぞ」

無駄な努力だった。タンクローリーに向かって下げられていくクレーンの騒音、貨物船の船体を叩く水音、大混乱のなかでは声も届かない。

フォルケはクレーンのオペレーターのほうを見た。「タンクを下げろと言ったんだ、落とせとは言ってない」

「こっちのせいじゃない」と男は言った。「ケーブルが切れたんだ」

「交換しろ。あと一時間もないぞ」

フォルケは苛立つオペレーターを後に残し、タンクローリーが浮かぶ位置に近いロワーデッキまで降りていった。貨物倉の扉が開いていた。

「船とトラックの間に挟むんだ」とフォルケは怒鳴った。乗組員数名に、緩衝材として使えそうなものを――救命具やゴムボート、船のバンパーまでつぎからつぎへと投げこませた。

そんなフォルケのところへ、パスカル・ミラードがファイルを手にやってきて、海上の混乱ぶりを不審の目で見つめた。「惨事に向かっていくというのは、まさにこういうことだ」

「これは」とフォルケは言った。「失敗だ。〝惨事〟だなんて言葉はまったく大げさだ」

普段はおとなしいミラードは引きさがると思いきや、頭ごなしの言葉に反発した。

「これは」ミラードはフォルケの言い方そのままに返した。「組織の問題をあぶりだしている。過剰であり拙速であり、物事がうまくいかなかった場合にたいする見通しが甘すぎる。ちょっとした失敗が積み重なり、それが惨事につながる。肝に銘じておくことだ」

フォルケは笑いだした。おそらくミラードの言うとおりだったが、ちびの科学者に向かって素直に認める気はなかった。ミラードのシャツをつかんで振りまわしながら、開いたハッチのほうへ押しやった。ミラードは自分の踵（かかと）とフォルケの腕力だけで転落をまぬがれていた。「黙って自分の仕事だけをやれ、さもないとおまえが惨事に直面するぞ」

扉の縁をつかんだミラードはフォルダーを手から放した。書類がはらはらと海に散っていった。この場で転落したら、自分もまたバンパーとなってトラックと船に挟まれる。「私は手を貸そうとしているだけだ」

フォルケはそのままミラードを押さえていたが、やがて倉内に引きもどした。下の海の一部が明るく染まっていた。

「〝ワスプ〟だ」とフォルケはミラードに言った。「おまえは下に降りて移動プロセスを開始しろ。計画を遅らせようなんて考えるな。おれもいっしょに行くからな」

ブイの裏から、ザバーラは興味と疑問の両方を抱きながらその活動を見守っていた。傷（いた）んだケーブルがクレーンから切り離され、海に落ちるのを見て、先ほど上がった水しぶきが意図したものではなかったことを知った。

「さっきの自由落下はミスだった。下に降ろそうとして落としたんだ」

「なぜここで?」オースチンはヘルメットの無線で交信していた。「バミューダは石油が出ない」

「証拠隠滅とか?」

「だったら海の真ん中で棄てたほうがいい。水深はせいぜい二〇〇フィートだ。やつらがこの場所を選んだのには理由がある」

「このあたりに異状があるかどうかプリヤに調べてもらおうか。通信システムは海上用に高周波も用意してるんだ」

「お任せする」とオースチンは言った。

ザバーラはブイに昇るようにして片腕を水から突き出した。前腕のコントロールパネルをタップして、無線を高周波帯域にセットした。「プリヤ、こちらジョー。聞こえるか?」

数秒足らずで応答があった。〈感度良好。帰り道?〉

「まださ。いまは貨物船の乗組員が尋常じゃない機材を荷下ろししてる場面を目撃中なんだ。なぜやつらがこの場所を選んだのかと思ってね。われわれのヘルメットのトランスポンダーが発信する位置情報を使ってくれ」

〈それは把握してる。フェリー・ポイントの西北西三マイル〉

「そうか。この海域に何か普通とちがったところはあるか? 陥没した穴とか、急に深くなってるとか、そういったものは？」

〈なさそうだけど。近くに暗礁があるわ。水深は平均で一四〇フィート。本当に深くなるまで、あと一マイルは行かないと〉

貨物船を振りかえったザバーラは、浮いているタンクローリーの周囲で光の輪が拡大していることに気づいた。水に潜って闇を透かして見た。何本ものスポットライトとともに、潜水艇がタンクローリーの真下に浮上してきた。

ソナーシステムのスイッチを入れると、さらに詳細がつかめた。胴回りがくびれた潜水艇が、上に向けて大型の鉤爪を伸ばしていた。その爪がタンクローリーの車体をつかむ作業のなかで、ダイバーたちが泳いで状態をチェックしながらロッキングピンを挿しこんでいった。

タンクローリーが固定されたのち、潜水艦は数フィート上昇して二名を乗せ、大量の空気を排出するとタンクを道連れにゆっくり潜航していった。

「フォルケとミラードがあの潜水艇に乗った」とオースチンは言った。「後を追うとプリヤに伝えてくれ」

プリヤにその情報を送ったザバーラは、オースチンとふたり、ブイを離れて水中に潜った。

35

〈ルシッド・ドリーム〉の船上で、プリヤはザバーラからの連絡を聴きながら、現場チームの一員になったことに興奮していた。一方では、オースチンとザバーラが楽しんでいるのをどこかで羨む気持ちもあった。

ダイビングは長く彼女を魅了してきた。NUMAにはいったのも、それまで以上にダイビングができるという思いがあったからなのだが、期待の多くは事故で奪われた。いまでもたまに潜ることはあるけれど、それはレジャーに限られていたし、そんな機会をつくるにも大変な努力が要った。

〈さらにモナークについて調べてもらいたいんだ〉とザバーラが言った。

「了解」とプリヤは律儀に言った。「そちらは気をつけて」

〈きみもね〉

これが最後の応答だった。

きみも？　このコンピュータ仕事で手根管症候群になるわけでもないのに、何に気をつけるの？

自分を憐れむのは性に合わない。プリヤは失望を振り払うと、そこから一〇分をついやし、〈モナーク〉に関する情報をむなしく探しつづけた。

公共の情報源やメディア資料を渉猟して、はては目撃情報を求めてフェイスブックやツイッターにも照会した。連邦航空局や国際航空交通データベースも当たってみた。いくつかの航空ショーやボートショー、また限られた場でのPRイベントを除き、〈モナーク〉のニュースが出るのはごく稀だった。

となると、この航空機はあまり飛んでいないように思えるのだが、プリヤがダウンロードしたエンジンのオーバーホール・スケジュールからすると、過去二年間で四〇〇〇時間近く飛行したことになっていた。距離にしたら一〇〇万マイルにもなる。

「ボートショーでバミューダとマイアミを往復したくらいじゃ、こんなマイレージは貯まらない」

プリヤは水辺を望んだ。テッサの屋敷は暗いままだったが、まばらな保安灯の光を受けた〈モナーク〉は、幽霊のようにぼんやり浮かびあがっていた。人知れずどこへでも行ける幽霊。

価値ある情報が見つからないことに苛つき、じっと座っていることにも飽きあきしたころ、ふとアイディアが浮かんだ。浮かんだそばから却下しておかしくないアイディアだったが、なぜか取り憑(つ)かれたようにその可能性と欠点に思いをめぐらした。考えれば考えるほど、いいアイディアに思えてきた。

海の先で動かない飛行機を見ながら、プリヤはそれに語りかけるように言った。

「どこに行っていたのか、あなたが意地悪で教えてくれないなら、もう訊くのはやめて後を追うことにするわ」

バミューダまでの旅はすばやく決まった。準備不足を嫌うオースチンからは、役立ちそうなものはすべて持参するようにとの指示があった。ザバーラのパワード・ダイビングギア。ハイテクカメラ、盗聴器、そしてドローンにくわえ、チーム内では〝ジオトラッカー〟と称される無線標識(ビーコン)も積んでいた。

ふれた物体すべてに貼りつくという、驚異の粘着力をもつジオトラッカーは動いているボートにも漂流するゴミにも、サメやクジラなどの生物にさえも吸着する。

「どうなの」プリヤは自らに問いかけた。「カートが湾を泳いでデートに行けるなら、わたしだって同じことをして、作戦を前に進めることができるんじゃない?」

わたしは両腕だけで仕事をこなせる。でもジョーのおかげで、その腕を使う必要もない。

プリヤはカメラを録画にセットし、自身のコンピュータログに書き込みをすると、車椅子でヨットの小型エレベーターに向かった。そしてロワーデッキまで降り、ロッカーからパワード・ダイブスーツを取り出した。

服を脱いでスーツを穿き、しっくりくるまでととのえると、トップを羽織って腕を通し、ジッパーを上げた。

ウェットスーツの着用にくらべると残るギアの装着は簡単だった。全部のアイテムをテストし、パワーパックを二重にチェックしてからジオトラッカーを一個取った。リブリーザーを背負ってトランサムの縁まで行った。そしてほんの一瞬ためらったすえ、背中からバミューダのグレートサウンドに飛び込んだ。

右足、左足と蹴った。人工筋肉が最初は鈍く、ぎこちなく収縮した。前腕のコントローラーで自然のリズムになるまでペースを上げていった。

この数年、夢のなかで走ったり山を登ったりすることは何度もあったけれど、とにかく泳いでいる夢がいちばん多かった。カートやジョーが感じたような、ぐっと締めつけられるような感覚は損傷した脊椎に伝わらなかったが、プリヤはお尻と腰に動きと力を感じた。そのスピード感は至福だった。飛んでいるような錯覚すらおぼえた。

36

プリヤがグレートサウンドを泳いでいるころ、オースチンとザバーラは大西洋の外海に潜っていた。

貨物船の付近にいるダイバーたちを避けるため、ふたりは船首を大きく迂回してからタンクローリーを積んだ潜水艇の後を追った。

数ヤード先に出たオースチンは、パワースーツをほぼ全開にして滑らかに足を蹴り出した。前方の潜水艇はハイビームを点灯させていたが、距離が離れるにつれてその光が薄れていった。

「このソナーの最大範囲は？」とオースチンは訊いた。

「約四〇〇ヤード。水の状態にもよるけど」

四〇〇ヤードというのは、どれほど明るい照明があっても肉眼で見える距離をはるかに超えている。

オースチンはソナーシステムをふたたびオンにすると、ダイアルで最大範囲に設定した。すると灰色の視界と潜水艇の輪郭が表れた。すでに水平航行に移って岩礁の上を進んでいた。

「これを見てくれ」とザバーラが言った。

ソナーシステムが三次元画像を映し出した。海底に沈んだ船が、近づくにしたがって伸びていくように見えた。

角度のある船首がこちらを向いていた。その後ろのメインデッキから、ドーム形の巨大な構造物が三つ突き出している。各ドームは、実際は球体をしたコンテナの上半分で、モスタンクの名前で知られる。液化天然ガスを超高圧で貯蔵するために設計されたもので、球体の下半分はデッキの下部に隠れている。

「あれはLNGタンカーだ」とオースチンは言った。

「しかもでかい。問題は、あいつがここで何をしてるのかだな」

「テッサは船を沈めて人工礁を造る基金を設立してる。しかし、この船にはもっと邪悪な意図がありそうだ」

「母船だな。タンクローリーを満タンにするのに持ってきた」

「そうだ。どうやらおれたちは感染源を突きとめたらしい」

ふたりは、不格好な潜水艇が珊瑚礁と船の舷側の間を慎重に進んでいく間に距離を詰めた。

減速した潜水艇は回転し、沈泥を巻きあげたのち、船体に開いた穴にはいっていった。

「驚いたね」とザバーラが言った。「てっきりその場に止まって給油して、浮上するだけかと思った」

「おれもだ」

潜水艇が消えると、船体の外板の広い部分がガレージのドアさながらに閉じていくのが見えた。

「締め出されるまえに、こっちもはいろう」

懸命に泳いだふたりは沈泥の雲のなか、狭まっていく隙間をすり抜けた。

巨船の内部にはいりこむと、背後で外板が閉じる音がはっきり聞こえた。

前方上方にいた潜水艇のライトが、LNGタンカーの聖域を照らしていた。

同種の船に乗った経験があるオースチンには、船内がくり抜かれていることがひと目でわかった。構造支柱や機械等、船体内部の全体が切り取られて撤去されていた。残ったのは長さ数百フィート、幅一四〇フィートの空間で、球形のタンクの下半分がまるで三個の巨大風船のように浮かんで見えた。

タンクローリーを頭に戴いた潜水艇は、三個のうち最初の球体にあいた穴に向けてすこしずつ浮上していた。

「今度は何だ？」とザバーラが訊ねた。

「まだ何かある」とオースチンは答えた。「球体の内部を覗いてみるか」

37

フォルケは潜水艇の操縦席にいた。この潜水艇のことを、フォルケも乗組員も〝スズメバチ(ワスプ)〟と呼んでいた。正式な名称ではないが、膨らんだ艇首、尖った艇尾、くびれた胴回りと、あの昆虫を思わせる形状を持っている。

フォルケとしてはもっと正確に——たとえば〝転がるカバ〟——と呼ばせたかった。タンクローリーを載せたせいでバランスが悪く、海上ではわずかな波でひどいローリングが生じ、操縦に苦労させられた。

さいわい、注水でバラストタンクを満たして潜航すると安定性はました。ただし、これまでになく動きが鈍くなった。

船内にはいってからは、ドッキングスフィアと呼ばれる球形タンクの開口部を抜けるのにかなりの時間を要した。その過程を経て、フォルケは無線機をつかんだ。

「ドッキングスフィア、こちらフォルケ」とマイクロフォンに向かって呼びかけた。

「誰か起きてる者は？」

雑音混じりのシグナルが返ってきた。〈準備は出来てます、ワスプ。浮上に問題なし〉

〈ワスプ〉を喫水線まで上昇させると、フォルケは指示を叫んだ。「機関を停止する。ドックまで寄せてくれ」

ドッキングスフィアの内部では、作業員数名がグレーチングを歩いて艇首に飛び移り、ロープを掛けて〈ワスプ〉をドックに曳き入れた。

「均圧開始」と副操縦士が言った。

フォルケは耳がツンとするのを感じた。

「均圧完了。ハッチを開放します」

頭上のハッチが開かれた。まずは副操縦士が出て、ミラードがそれにつづいた。最後にハッチを抜けたフォルケは、すぐ近くにいたクルーを見た。「つぎの貨物の準備はできたのか？」

「主任の確認が必要です」と男は答えた。「新しい培地に問題が起きたので」

フォルケはミラードを睨めつけた。問題は科学者のせいではないかと考えたのだ。

「いっしょに来い」

フォルケとミラードがグレーチングの上を歩くと、湾曲した鋼の壁に足音が反響した。ふたりは直径六フィートの鋼管に差しかかった。これはドッキングスフィアと、コントロールスフィアと呼ばれる隣接したタンクをつなぐ通路である。

「先に行け」とフォルケは言った。

ミラードが通路に消えると、フォルケも数歩遅れて後につづいた。

大きな潜水艇とはちがい、オースチンとザバーラはドッキングスフィアの底にあいた穴をしごく簡単に通ることができた。

オースチンが上を仰ぐと、ソナー表示に先ほど海面を見たときと同じ揺らめきが映し出された。揺れるラインのむこうは空気だった。「連中はこれを水中の居住空間にしているのか」

「仕事ぶりを確かめないと」とザバーラは言った。

「おまえから言われるとはな」

オースチンはソナーのスイッチを切り、可視光線をたよりにスフィア内のレイアウトを確認した。タンクローリーを載せた潜水艇はふたりの上方、左側に係留されている。そのあたりの照明はとりわけ明るかった。反対側にもう一隻の潜水艇があった。

メキシコ湾で一戦を交えた円盤形の小型艇だった。

「ついてこい」とオースチンは言った。

オースチンは円盤形の潜水艇の下をくぐり、その先の水面に顔を出した。案の定、あたりに作業員の姿はなかった。やや遅れてザバーラが浮上すると、ふたりはタンクローリーを背負った大型潜水艇を観察した。

艇の上では、三人がタンクローリーのカップリング内に熱風を通し、さらに別のガスを噴射していた。

「何をしてると思う？」とオースチンは訊ねた。

「窒素ガスだ」とザバーラは答えた。「これから積むものが汚染されないように、水や不純物を念入りに除去してる。ポールとガメーが発見した細菌のことを思えば無理もない話さ」

第二のホースをタンクにつなぐと、三人は引っくりかえしたバケツに腰かけ、トラックのタンクが不活性ガスで満たされるのを待った。

「どれくらいかかるかな？」

「圧力によるけど」とザバーラは言った。「そうだな」と腕の表示を見て、「ここにあと一一分いると減圧停止が必要になる。こいつらに追われて水深六〇フィートで立ち泳ぎするのはごめんだね」

オースチンはうなずいた。「一一分あれば、連中のたくらみを妨害できる」

「というと？」

「このクルーたちは厳戒態勢を敷いてるわけじゃない。おまえが水のなかで〝わんぱくフリッパー〟を演じて気をそらしてるあいだに、おれが背後から忍び寄って眠らせる」

「そのあとは？」

「やつらの作業服を奪って、わがもの顔で闊歩する。ボタンを押して、レバーをひねって、この場を混乱させることをなんでもやる」

ザバーラが水中に潜ると、オースチンはフィンをはずして注意深くデッキによじ登り、足音を忍ばせてスフィアの暗がりを行き、タンクの作業中だった三人組の背後に近づいた。

しゃがんで攻撃の機会をうかがっていると、三人の目の前の水面が泡で沸き立った。ひとりが立って身を乗り出した。「〈ワスプ〉から上がってきてる」

三人が見つめるなかを、ザバーラが水面から飛び出した。自身の力だけでなく、ダイブスーツのパワーアシストをフルに利用していた。そして泥川の岸辺にたたずむワニのごとく、男たちに襲いかかった。

咬みつきこそしなかったが、ザバーラはひとりを両手でつかみ、ドックから海に引きこんだ。

残るふたりが驚いて前方に突進した。オースチンの接近にはまったく気づかなかった。

ひとりめは首の付け根を叩かれ、苦悶(くもん)の呻(うめ)きを洩らしただけでグレーチングにくずおれた。

ふたりめは振り向きざまに鳩尾(みぞおち)にパンチを食い、身体をふたつ折りにすると顔を膝に埋めた格好で気を失った。

ザバーラが、咳きこんで水を吐き、戦意を喪失した三人めと水面に浮かんだときには、オースチンはふたりを縛りあげていた。

きっかり一分後、三人はつなぎの作業服を剝ぎ取られ、手足を縛られた状態で、タンクローリーを載せた珍奇な潜水艇の乗員区画に幽閉された。

「ここには何人いる?」とオースチンは質した。

「一二人」と作業員のひとりが答えた。

「おまえたちを入れて?」

男はうなずいた。

「フォルケとミラードはどこだ？」

「コントロールスフィア」

オースチンは粘着テープを探して捕虜たちの口を塞いだ。さらに手首、足首にも巻いて拘束を解けないようにした。

「きみたち三名、じっとしてろよ」とザバーラが言った。

三人を無力化したうえで、オースチンとザバーラはヘルメットを脱ぎ、ダイブスーツの上に作業着を着こんだ。薄い小型のリブリーザーは、ラインとレギュレーターがユニット本体に収納されることもあって目立たなかった。いささか猫背には見えたが、緩めの作業服のおかげで充分隠すことができた。

ふさわしい服装になって潜水艇を出たふたりは、フォルケとミラードがはいっていったトンネルに向かった。

「これを住み処にするっていうのは名案だな」とオースチンは言った。「そもそも球体は圧力に強い。アーチと同じで、しかも三次元だ」

「普段なら同意するところなんだが」とザバーラが言った。「連中はずいぶん穴をあけてる。このトンネルと底にある穴は、当初の設計には間違いなくふくまれてない。

工学的にみて強度をかなり低下させてる。おれだったらここで暮らすのも働くのも勘弁だし、この構造信頼性に命をゆだねる気にはなれないな。それも何かをしくじったときには」

オースチンは軽く笑って訊いた。「しくじるって、何をだ?」

(上巻終わり)

◉訳者紹介　**土屋 晃（つちや　あきら）**
東京都生まれ。慶應義塾大学文学部卒業。翻訳家。
訳書に、カッスラー&ブラウン『テスラの超兵器を粉砕せよ』『失踪船の亡霊を討て』『宇宙船〈ナイトホーク〉の行方を追え』『地球沈没を阻止せよ』、カッスラー『大追跡』、カッスラー&スコット『大破壊』『大諜報』（以上、扶桑社ミステリー）、ミッチェル『ジョー・グールドの秘密』（柏書房）、ディーヴァー『オクトーバー・リスト』（文春文庫）、トンプスン『漂泊者』（文遊社）など。

強欲の海に潜行せよ（上）

発行日　2023年10月10日　初版第1刷発行

著　者　クライブ・カッスラー&グラハム・ブラウン
訳　者　土屋 晃

発行者　小池英彦
発行所　株式会社 扶桑社
〒105-8070
東京都港区芝浦1-1-1　浜松町ビルディング
電話　03-6368-8870(編集)
03-6368-8891(郵便室)
www.fusosha.co.jp

印刷・製本　図書印刷株式会社

定価はカバーに表示してあります。
造本には十分注意しておりますが、落丁・乱丁(本のページの抜け落ちや順序の間違い)の場合は、小社郵便室宛にお送りください。送料は小社負担でお取り替えいたします(古書店で購入したものについては、お取り替えできません)。

ISBN 978-4-594-09473-7　C0197